BN
BOY
VELS

昼となく夜となく

ひちわゆか

この物語はフィクションであり、実在の人物・
団体・事件等とは、いっさい関係ありません。

CONTENTS

昼となく夜となく

序章

「以下の条件の女性求ム。年齢不問、東洋系。美貌。

ただし、宝石を主食とする。

情報提供者、謝礼一億円也」


妖艶《ようえん》な女だった。

切れ長の目の、ぞっとするほど美しい顔をしている。チャイナ風の襟の、黒い服はシルク。濡《ぬ》れ羽《ば》色の髪はつややかで、蜂のようにくびれた腰の上までまっすぐに流れ、白鳥のようにすんなりと長い首に、たおやかな手足。装いは黒一色であるにもかかわらず、部屋の中に、あでやかな牡丹《ぼたん》が咲いたようだ。

匂い立つような美貌、というものを、これまでに鷹倉《たかくら》は何人も見てきたが、とりわけこの女は素晴らしかった。容貌はまだ二十代の若さでありながら、その何倍もの年月を生きてきたかのような落ち着きのある物腰。ダマスク織の絹を張った肘掛け椅子に深く腰かけ、膝を組み替えると、スカートの深いスリットから雪のように白い、悩ましい素脚があらわになった。

パチパチと、背後の暖炉で火が爆《は》ぜる。

「どうです、タカクラ。この髪。この美貌。これが本物の魔性――魔女というものなのですよ」

その横に腰かけた、襟の詰まった服を着た若い中国人が、肘掛けにかけた彼女の白い手を上から握り締め、同席者に見せつけるようにさすり回す。男は武器商人として財を成した富豪で、横に座っている女は自慢の愛人――前々からその存在は噂に聞く。

得た者に莫大な富を約束するという伝説の女。迷信だおとぎ話だと揶揄《やゆ》される一方で、その存在を固く信じている人間も多い。手に入るならいくら金を積んでもいいという好事家《こうずか》も少なからず存在している。

鷹倉もそのひとりだった。じき六十を迎えるというのに結婚もせず、魔女の尻ばかり追いかけて、何十年間も新聞の尋ね人欄に同じ文章の広告を出し続けている変り者。富豪の考えることはわからないと、世間では評判だった。

「お名前は?」

鷹倉のよく通るバリトンに、美女は聞きほれたような顔をした。鷹倉は、彼女の愛人の父親と同じくらいの年齢だったが、その整った顔立ちと、東洋人離れした長身、鍛《きた》えられた肉体は、彼を若々しい紳士に見せている。

「いつの時代のを、答えよう?」

美女は、男の股ぐらを誘惑するような妖しい微笑を浮かべて、質問に堂々と質問で返してきた。訛《なま》りのない英語で、ゆっくりとした、貴族的な発音だ。

「現在ならばヤスミン。昔のならば、どこまで溯《さかのぼ》ろう？　わたくしの名前は、保護者が変わるごとに変わってきたので、いつの時代か示してくれねば、正確な答えはしかねる」

「……なるほど。ところで、お若く見えるが、今年おいくつに？」

「タカクラ。彼女は悠久のときを渡る生き物です。我々のように老いたりもしない。流れる時間というものが異なるのですよ。人間と同じように歳を数えることなど無意味です」

傍《かたわ》らの男が答えると、その通りだと、魔女は鷹倉に向かって頷《うなず》いた。その黒々とした眸《ひとみ》の奥には、どこか驕《おご》った、傲慢《ごうまん》さが滲んでいた。哀れで下等な生き物を見下す目付きだ。

鷹倉の目配せで、秘書が、ティーテーブルに小型のアタッシェケースを運んできた。代々鷹倉に仕えている男で、昨年亡くなった老執事の孫に当たる。

ダイヤルを合わせ、さらに鍵を使って厳重な二重ロックを解除し、蓋を開く。鷹倉はケースの向きを変え、中国美女に中身を示した。

「どうぞ。どれでもお好きなものをプレゼントさせていただこう」

青色のベルベットの上に、カボションカットのダイヤモンド、ルビー、サファイアが、それぞれ三カラット。そして大きな真珠が一粒。どれもすばらしい大きさと品質だ。美女は、菓子屋の店先で、どのチョコレートにしようかしらと選んでいるような目線でケースに並んだ宝石を眺めた。そしてルビーを優雅な仕草で摘《つま》み上げると、そっと舌の上にのせ、飴玉を味わうようにしばらく口の中で転がしてから、飲み込んでみせた。

「なかなか結構なお味だ」

「もうひとつ如何です。この真珠は日本産で、直径二センチもある。ホワイトでこの大きさのものは現在はなかなか手に入らない」

と云って勧めようとする鷹倉に向かって、美女は、美しい片眉をかすかに持ち上げ、またあの傲慢な微笑を浮かべてこう断った。

「ありがとう。だがわたくしたちは、真珠は結構だ」

「タカクラ。あなたは若い頃から何十年も新聞に広告を出しているそうだが、もっとこの生き物について学ぶ余地があるようです。魔女というものは、真珠は食べないのですよ」

またも若き富豪が代わりに答えた。

「新聞広告なんかおやめになったほうがいい、金と時間の無駄です。あんなものを見てやってくるのはどうせ詐欺師《さぎし》か、たかりの類《たぐい》だ。魔女を騙《かた》る詐欺師はあとを絶たないという話ですし――もちろん、このヤスミンは正真正銘本物の魔女ですがね。彼女を手に入れるために、わたしは世界中を巡り、惜しみなく金を使いました。そしてある中米の富豪が、やっと彼女を手放してくれたのです。魔女というのは、新聞の尋ね人欄で探せるような類《たぐ》いのものではありませんよ」

「魔物が真珠を食べないっていうのは、いったい誰が言い出したことなんだ？」

客を送り出してリビングに戻った鷹倉は、友人の医師、土屋《つちや》が熱い紅茶にたっぷりのミルクと大量の砂糖を入れるのを見て、軽い胸焼けを覚えた。もう三人も孫がいて、おまけに著名な医師のくせに、まるで自分の健康のことは無頓着《むとんちゃく》だ。小太りで糸のように細い目に眼鏡、人のよさそうな丸顔の男で、鷹倉とは学生時代からの付き合いである。

鷹倉の住まいは、松濤《しょうとう》の一等地にある億ションにあった。建物自体この富豪の持ち物であり、自宅の間取りや設備はすべて彼の好みを取り入れてある。

天井は三メートルもの高さがあるメゾネットタイプで、玄関ロビーは吹き抜け。バルコニーにはかなりの広さの空中庭園や中庭もあり、普通のマンションとは別格の造りになっていた。玄関のある下のフロアはパブリックゾーン、上は完全なプライベートで、フロアごとに内装装飾は変えられ、骨董《こっとう》や成金趣味な絵画で飾り立てたデコラティブな下階に対し、上階はモノトーンで統一されている。二人がいまくつろいでいるおそろしく広いリビングも、ガラステーブルを中心に白い本革のソファが囲むように置かれたシンプルなインテリアで、南向きの高い窓から冬の陽差しが明るく室内を照らしていた。

同じくらいの値で都内に大邸宅を構えることもできたのだが、ここは鷹倉にとって特別な思い入れのある土地だったのだ。

シガレットケースから細巻の煙草を取り出す鷹倉に、「体に毒だよ」と忠告してから、「十八世紀の文献にはすでに記録があるね」と土屋は答えてきた。

「魔物は真珠の化身だから共食いになる、という説と、ダイヤモンドなどの鉱石と違いそもそもは蛋白質《たんぱくしつ》だからという説とがあるね。魔女は鉱物がコーブツ……なんてね」

「………」

鷹倉は冷たい視線をくれてやったが、土屋は自分の冗談ににこにこしている。

「ところで、お客さんが来てたようだけど、よかったの？」

「ああ……どっかのアホ息子が、魔女を見せびらかしに来ただけだ。くだらん」

「それは会いたかったな。どんな人だった？」

「お美しい女性でしたが、偽物ですね。飴《あめ》を召し上がってお帰りになりました」

土屋に話しかけられた若い秘書がそっけなく答えた。あのケースに並んでいた宝石は、真珠だけが本物で、他はすべて特別製のキャンディだ。味も匂いもせず、口の中では溶けない。

「二十代後半くらいに見えましたが、あれは若返りのために皺取り手術をくり返していますね。笑うと、ほんの少しですがこめかみが引《ひ》き攣《つ》っていました。ただ受け答えや物腰は堂々としたものです。大抵の方は、会長ににらまれただけでなにも云えなくなってしまいますので」

「ハハハ、君もずいぶん目が肥えたね。でも騙《だま》される気持ちもわからなくはないよ。実際に彼らに会ったことのある人間は極端に少ないし、肖像や写真もほとんど残っていない。ぼくらだって若い頃は、魔女といえば妖艶で男好きするグラマーの美女を頭に描いていたんだから。特に鷹倉はね、昼も夜も、魔女のことで頭がいっぱいだったんだから」

「昔のことでなによりです。現在は、…国……妃主催のダンスパーティのことで頭をいっぱいにしていただかなくてはなりませんので」

ダンス、と聞いて、鷹倉の眉がぴくっと引き攣った。

「あれは断れと云っただろうが」

「…国都市再開発の功績者としての、后妃《こうひ》から正式なご招待です、鷹倉グループの会長がそんな我儘《わがまま》は通じません。本日夕方、ダンスの先生をお招きしてありますので、出発前にワルツだけでもマスターしていただきます。前回のように、トイレに行くふりをして窓からお逃げにならないでくださいね。結果的に恥をかくのは会長ご自身なんですから」

「………」

「マスターするまでは、わたしもトイレに同行させていただきます」

「……君の秘書殿と会うと、僕は一介の町医者でよかったとしみじみ思うよ」

土屋が苦笑いを嚙み殺して、こっそり耳打ちしてきた。

「でも社交ダンスは健康にいいよ。ぼくも家内に誘われてはじめたんだが、姿勢もよくなるし、なかなか運動量もある」

「体は週三回ジムで鍛えている。香水くさい女と人前で体をくっつけて十分間も我慢することを考えると憂鬱《ゆううつ》になるだけだ。その話はするな。想像したら気分が悪くなってきた」

「はい、ごめん」

土屋はにこにこしている。この糠《ぬか》に釘の性格のお陰で二人の長い腐れ縁は続いてきたのだった。友人の口もとの笑い皺や、めっきり薄くなった鬢《びん》を見ながら、老けたな、と鷹倉はふと思った。だが自分も同じだけ歳を取っているのだ。互いに、壮年と呼ばれる時期さえもう超えてしまった。老けないわけがない。若い華僑《かきょう》が連れていたあの美女も、いずれは肉体の衰えを隠せなくなってくるだろう。それが自然の理《ことわり》というものだ。

実際のところ、老いるということは、ありがたいものだと最近つくづく思うようになってきた。都合の悪いことは耳が遠いふりもできるし、すぐにものを忘れられる。若い頃が楽でないのは、目に映るもの耳に入るもの、なにもかもまともに向き合おうとしてしまうからだろう。

——だが、年を経るごとに、鮮明になっていく記憶もある……。

「どちらへ?」

立ち上がった鷹倉を、秘書が見咎《みとが》めた。

「わかってる、小用をすませたらすぐに戻る。どうしてもついてきたかったら勝手にしろ」

秘書は思案顔をしたが、「ドアの前までお供します」と、立ち上がった。後ろで、土屋が首をすくめていた。

第一章

「まったく、会長も往生際の悪い――」

ガチャッと扉が開き、秘書の歯がみする声が聞こえた。

「いい歳して、たかがダンスごときがコソコソと逃げ出すほど厭《いや》ですかねっ。ちょっと目を離した隙にこれだ。やはりトイレの中まで同行すべきでしたっ」

そのそばで、のんびりと苦笑いしているのは土屋だ。

「よっぽど嫌いなんだねえ」

「嫌いでもなんでも、首に縄を括《くく》りつけてでもパーティには出ていただきますっ。――ああもう、どこへ行ったんだ会長は。じきダンスの先生がお見えになる時間だっていうのにっ」

「まあまあ、どうせ行くところもないし、そのうち戻ってくるよ。それまで先生はぼくらでおもてなししていよう。あの国は美人が多いそうだけど、金髪かな？」

「なにを悠長なことを……。今日お招きする方は、王室からの正式なご紹介なんですよ。鷹倉会長はパーティ嫌いで有名で、いつも欠席する理由を尋ねられて、ダンスができないからだと答えてしまったことがあるんです。それで先方が気を遣《つか》って……日本にはダンスを教える教師もいないと思われているのでしょう。ですから、いい歳をして、おかしな目で見られては困ります」

「はい、ごめんなさい」

土屋の返事に、秘書が、気の抜けた溜息をついた。

「……わたしは駐車場を見てきます。先生、もう一度一階を見てきていただけますか」

「はいはい」

再びドアが閉じ、床につけた耳で二人の足音が遠ざかるのを確認して、鷹倉は、書斎机の下で丸めていた手脚を伸ばした。頭の下で手を組み、むっつりと天井をにらむ。

なにが正式のご紹介、だ。つまらんお膳立てをしやがって。こうなったらなにがなんでもパーティなんぞ出てやるものか、と生来の臍《へそ》曲がりが顔を覗《のぞ》かせる。

そんな鷹倉の不機嫌に構うことなく、外はいい天気だ。チチチ…と小鳥のさえずりが聞こえる。顔を照らすうららかな陽差し。うとうとと、このまま昼寝を決め込もうとした鷹倉の顔の上に、さっと影が差した。

「……ミスター？」

不機嫌に片目を開けると、生地のいいスラックスに包まれた、すらっと長い脚が枕もとに立っている。

やれやれだ。鷹倉は溜息をついた。

「玄関で声をかけたのですが、応えがなかったので勝手に失礼しました。さっそくですが、レッスンをはじめましょう。どうぞ机の下から出ていらしてください、ミスター？」

流暢《りゅうちょう》な英国英語《クイーンズ・イングリッシュ》。張りのある若々しい声を聞いて、ふん、と鼻を鳴らした。残念だったな、土屋。金髪か美人かは知らんが、この声は間違いなく、男だ。

「長旅、わざわざのご足労《そくろう》、感謝する」

鷹倉は悠々と机の下に寝そべったまま、はるばるやってきたダンス教師に向かって慇懃《いんぎん》に云った。それもわざわざ、意地悪く日本語でだ。

「しかしせっかくだが、見ての通り、もう足腰が弱って体がいうことを聞かない。医者からも激しい運動は止められている。——というわけで、申しわけないがお引き取り願おう。しかしせっかく日本へ来たんだから、御茶屋遊びでもしていくといい。運転手に京都まで送らせよう」

「いいえ、そうはいきません。有名なパーティ嫌いのあなたを会場まで引っ張っていくのが、わたしの使命なのです。ダンス嫌いはこの際克服なさい。紳士がワルツくらい知らなくては、恥をかきますよ?」

日本語を完璧に理解して、その上わざわざ英語で返してきたダンス教師に、鷹倉はまたむっつりとなった。

「知るか。それにワルツは、一生誰とも踊らないと決めている」

「誰とも? ワルツに、なにか深い思い入れでも?」

「……ああ、そうだ」

「おそまつな言い訳ですね」

鷹倉はぎろっと目を吊り上げた。

「――なに？」

「下手くそな言い訳だと云ったのです」

しれっとした答え。目を上げると、鋭角的な顎と、男のわりには細い体のラインが目に入る。

「言い訳だと？」

「違いますか。あなたのダンスも、きっとその言い訳と同じくらい下手くそなのでしょうね。見なくてもわかる。仕方ありません、おとなしく引き下がりましょう。心配はいりませんよ、残念ながらミスター・タカクラは、しっぽを丸めて机の下に逃げ込んでしまい、子供でも踊れるワルツのステップすら憶えることができませんでした、と報告すればすむことです」

生意気な。物怖《ものお》じしない青年の挑発に、鷹倉は、年甲斐《としがい》もなくむきになった。

「嘘でも言い訳でもない。おれだってワルツくらい踊ったことはある。羽のように軽く踊れたし、筋がいいと褒《ほ》められたんだ」

「信じられませんね。では、その話を聞かせてください。納得できればそれを土産に持ち帰ることにします。でも、わたしを納得させることができなかったら、レッスンを受けていただきますよ。どうです？」

「勝手にしろ」

「よろしい。お聞きしましょうか」

年寄りの話は長くなると思ったのか、青年は、鷹倉の枕もとに腰を下ろした。うまくのせられてしまったような気がするが、もう引っ込みもつかない。鷹倉は長々と溜息をついた。

「どうしました。やはり作り話ですか？」

「うるさい。どこから話すか纏《まと》めていただけだ。黙って聞け。——おれがまだ子供の頃の話だ。……」

◇◇◇

「昔々ある国に、宝石を食べる魔女がおりました。魔女は、それはそれは美しく、年を取りませんでした。

魔女は人里離れた深い森に、ひとりぼっちで暮らしていました。里の人が森に迷い込むと、狼に化けておどかすので、たいそう嫌われていました。

あるとき魔女の棲《す》む森に、王様の、末の王子が狩りにやってきました。

王子には二人の兄がいました。上の兄は怠《なま》け者で、下の兄は戦《いくさ》が好きでしたが、領土は広く豊かです。末の王子は賢く、優しく、ひとびとに慕われていましたが、領土は小さくて貧しかったので、王様は上の二人のどちらかを後継ぎにしようと考えていました。

そこで魔女は、末の王子にいいました。

「わたしを后《きさき》にしてくれたら、城の塔から見渡す限りの畑の土を金の粒に、石ころを宝石に変えてやろう」

末の王子は、金も宝石もいりませんでしたが、ひとりぼっちの魔女がたいそう気の毒だったので、后にすることにしました。

すると、約束通り、砂は金の粒になり、石ころは宝石になりました。末の王子はたちまち豊かになり、やがて王様のあとを継いで国を治めました。

王様になっても、末の王子は、魔女をたいそう大切にしました。末の王子の優しい心に触れ、魔女は改心し、よく人々を助け、二人は平和に幸せに暮らしました。

けれど王子が歳をとって死に、王様が次の次の次の次の代になったとき、もうだれも、末の王子と魔女の約束を知る者はいなくなりました。魔女はそれでも年を取らず、若く美しいままでした。

あるとき、家来の中に、魔女が国中の宝石をぜんぶ食べてしまうと言い出す人がありました。家来にそそのかされた王様は、魔女をお城から追い出してしまいました。

魔女は、またひとりぼっちになりました。

自分を大事にしてくれた末の王子のことを思い、朝も夜も泣いて暮らしました。

そしていつか、魔女は、一粒の丸い真珠になっていました。

魔女を追い出した国は、悪い病気がはやり、金も宝石もなくなって、やがて滅びてしまったということです……」

「おとうさま。ほうせきってどんな味？　甘い？　金平糖《こんぺいとう》みたい？」

『真珠になった魔女』は、妹のお気に入りの絵本だった。黒曜石のように、キラキラと好奇心に目を輝かせる幼い妹に、その横で退屈していた少年は、「味なんかするわけないだろ」とばかにした。

少年は六つ、妹は三つ。妹には優しくしなければいけませんと日頃から嗜《たしな》められていたけれど、父親が妹にねだられて絵本の朗読をはじめてしまったので、本当のところ、少しうんざりしていた。砂漠の話や、サバンナに暮らす珍しい動物たちのことを聞きたかったのだ。

暖かな暖炉。肘掛け椅子にゆったりと腰かけている背の高い父。ココアの薫り。あれは、冬の晩だった。

父は、めったに家庭にいない人だった。事業や社交より登山や冒険を愛し、暇をみつけては海外へ出かけていってしまう。もともと丈夫ではなかった美しい妻が伏せってからは特に、仕事を理由に、家族と顔を合わせない日が何日も続くことも珍しくなかった。

「宝石を食べたり、歳を取らない人間なんかいるわけないよ。そんなの、インチキに決まってるだろ」

「しーっ……」

と、父は神妙な顔つきで、人差し指を口に当てた。そして、怖い顔できょろきょろと辺りを見回し、声をひそめる。

「いいかい、『真珠になった魔女』は、ただのお話じゃないんだよ。魔女は本当にいるんだ。人間と同じ姿をしているから、ちょっと見ただけでは魔女だとはわからないんだよ。おまえたちが悪口を云うと、そばで聞いているかもしれないぞ？」

小さな妹が、慌てて両手で口を塞《ふさ》いだ。少年は、ふうんと半信半疑に口を尖らせつつも、密かに胸をどきどきいわせ、瞳でそっと辺りを窺《うかが》う。父がしてくれるお話は、少年の好きな冒険譚《ぼうけんたん》の他に、宝石を食べる魔女のことがことに多かった。留守がちだったが、たまに帰ってくれば、こうして兄妹たちの相手をしてくれた。優しい父だった。

「おまえたちのひいひいおじいさんは、外国で魔女に会ったことがあるんだよ。ほら、その壁の小さな写真がそうだよ。美人だろう？」

腰の締まった、裾の長い時代遅れのドレスを着た貴婦人。花飾りがついたつばの大きな帽子を被り、レースの手袋をして、フリルがふんだんについたパラソルを手にして立っている。その横には、外国の背の高い立派な紳士が寄り添っていた。

「写真が小さくてよくわかんないよ。それに白黒だし、ピンボケだもん」

「昔のカメラだからね。その魔女は東洋からやってきたんだそうだ。位の高い貴族にそれは大切にされていて、普通の人は姿を見ることも許されていなかったんだが、ひいひいおじいさんは同じ東洋から来たから、魔女が懐かしがるだろうって特別に面会を許されたんだよ。歳は百歳を超えていたのに、とても若くて美人だったと日記に残っている」

「でも、魔女のことなんてギネスブックには載ってないよ。そんなに長生きだったら、ギネスに載るんじゃないの?」

息子の生意気な質問に、父親は愉快そうに笑った。

「そうだな。でも仕方がない、魔女は人間じゃないからね。ほら、ここを読んでごらん、晩餐会《ばんさんかい》のことが書いてある。ガラスのきれいな器に細かく砕いた氷をのせて、その上で真珠を冷やしながらおいしそうに食べた。真ん中は葡萄《ぶどう》の種みたいに固いので、飲み込まずに、別の器にぷっと吐き出したそうだよ」

「でも、魔女は真珠を食べないって図書館の本に書いてあったよ」

「魔女にだって好き嫌いがあるんだろう。おまえたちがニンジンを食べられないのと同じだよ。魔女はとてもダンスが上手で、空から舞い落ちてくる白鳥の羽のように、それは軽やかに踊ったとも書いてある」

「ねえお父様、どこへいったら、魔女に会えるの?」

「さあ、どこかな。父様もずっと捜しているんだが、魔女はとても珍しい生き物なんだ。大昔はもっとたくさんいたんだが、今はとても数が少なくなってしまったんだ」

「どうしていなくなってしまったの?」

「魔女狩りにあったからだよ。歳を取らないのは悪魔の使いだといって、人間が捕まえて火炙《ひあぶ》りにしてしまったんだ」

「火炙り!?」

「魔女、痛かった？　苦しかった？」

怖がりの愛娘が怯《おび》えているのを見ると、父はごめんよと小さな背中を撫でてやった。

「いいや。魔女は痛いことも、苦しいこともないんだ」

「ほんとうに？」

「ああ、本当だとも。だって、あれは人間じゃない、化け物なんだからね」

あとで知ったことだが、父は、事業を疎《おろそ》かにするほど、魔女に関する様々なものの蒐集《しゅうしゅう》に心血を注いでいた。文献や肖像、写真。そしてなによりも、魔女そのものを。

「……賑やかだと思ったら、いつお帰りになったの。子供たちに夜更《よか》かしをさせないでください」

寝室で横になっていた母親が、メイドを伴って居間に顔を出すと、父は苦々しい顔を隠さなかった。子供の目から見ても、夫婦仲は冷めていた。もともと、没落した名門家の娘を、成金の父が略奪した形での政略結婚だった。

「あのね、宝石を食べる魔女のことをお話してもらってたの。お母様は魔女にあったことある？」

なにも知らない妹だけが無邪気だ。

「また魔女のお話のこと？　いいえ。あれはただのおとぎ話。伝説よ」

「でも、ひいひいおじいさまは会ったことがあるんだって。お写真も残ってるのよ」

「あんなもの、嘘に決まっているでしょう。昔は化学や医学が発達していなかったから、すぐに詐欺に引っかかったのよ。お母様は信じていないわ。……あなたも、子供たちにくだらない迷信を吹き込むのはやめてちょうだい。人間が宝石を食べたり、何百年も若いまま生きるはずがないじゃないの」

母に責められ、父はむっつりと不機嫌になった。

「君はおれが帰ってくると、子供たちに悪影響だとでも云いたそうだな」

「いいえ。とんでもない。あなたの家ですもの、あなたの好きになさったらいいわ」

「おれの奥方は、人の顔を見れば嫌味を云いたくてたまらないらしい」

「わたくしを妻だなんて思ってらっしゃらないくせに。いくらでも好きになさるといいわ。ただ、あなたがおかしな迷信に夢中になっているせいで、この子たちまで笑いものになっているってことは自覚していただきたいものですわね」

「あれは迷信じゃない。各地に言い伝えや文献が残っている。得た者には莫大な富と栄華を約束し、裏切った者には破滅をもたらす。そういう例が文献にはいくらでも出てくる。迷信なんてとんでもない、魔女は実在するんだ」

「あなたがそんなことだから――」

「やめて！　もうやめて。お母様もお父様も、けんかしないで」

妹がしくしくと泣き出すと、父と母は気まずげに顔を背《そむ》け合い、それぞれの寝室に引き揚げていった。魔女のことはいつも夫婦の諍《いさか》いごとだった。

しばらくたって気づくと、壁にかかっていた魔女の写真は、誰か片付けさせたのか、いつの間にか消えてしまっていた。

「――聞いたかい。旦那さまが、とうとう魔女を捕まえたって」

やがて春になり、夏が過ぎて、厳しい冬が巡ってくると、母の病状は急に重くなりはじめた。父は別邸に泊まりがちでめったに帰らなくなり、幼い兄妹の面倒は屋敷の使用人たちが見てくれていた。

「最近、箱根《はこね》の別邸にずーっと入《い》り浸《びた》ってると思ったら、魔女を大事に囲って、絶対に人には見せないんだそうだ」

「まさか……どうせ詐欺師かなにかに捕まったんだよ。よしなさいよ。奥様はその話はお嫌いなんだから。もしお耳に入ったら」

「それが、本当に本当なんだよ。あたしの従兄弟が宝石の卸商に勤めてるんだけどね、真珠やらダイヤモンドやら山のように買っていく金持ちがいるそうなんだ。いったいどこの富豪だろうと不思議に思って、あるとき従兄弟がこっそり車であとを尾《つ》けていったら、旦那様の別荘に入っていったって云うんだよ」

「そういえば……」

と、今度はメイドが、声をひそめて口を挟んだ。

「旦那様のコートをクリーニングに出そうと思ったら、ポケットにゴミの入った袋が突っ込まれてたのよ。中身は小さくて丸い、こう……なにかの種みたいな白いものだった。処分してもいいかと訊きにいったら、血相を変えて、「このことは口外するな、したらクビにするぞ」ってそりゃすごい剣幕で。もう恐ろしくて、はいわかりましたと答えたら、ポケットから別の包みを出してあたしに下さったの。開けてみたら、本物の真珠が何粒も入ってた」

「旦那様から聞いたことがあるよ。魔女は真珠を食べると、芯のところだけ種みたいに吐き出すって……」

「だったら縁起がいいじゃないか。昔から、魔女のいる家は栄えるっていうぞ」

「ばか、そんなの迷信に決まってるだろう。早く目を醒《さ》ましてくれりゃいいけど……奥様が重いご病気だっていうのに、めったに見舞いにもきやしないで。あたしは旦那様を見損なったよ。お子様たちもほうりっぱなしで、なんて薄情なんだ。奥様に万一のことがあったら、お子様たちはいったい先行きどうなるのか……」

「しっ、声が大きいよ」

辺りを憚《はばか》るように嗜めたのはコック長だ。しかし、メイド頭の声はますます高くなっていく。

ドアの外に、眠れなくてミルクをもらいにきた少年が立っていたことに気づかず。

「よしなさい、滅多なことを」

「けど、もう手術も無理だっていうじゃないか。お薬の種類ばかり増える一方で、近ごろはお食事も喉を通らなくなってらっしゃる。お医者様も、冬を越せるかどうかって……」

「――お二人とも、どうか、よくお聞きになってください」

初春のまだ肌寒いある朝、兄妹は、襟に黒い縁取りのついた黒い服を着せられた。二人の前にしゃがみ込んだ弁護士も、同じような黒い服に、黒いネクタイを締めていた。父に長く仕え、あとで知ったことだが、母の葬儀も彼の計らいで執《と》り行われたものだった。本当なら葬儀も出せないほど、家は貧窮していたのだ。

「お母さまがお亡くなりになったので、お二人は、このお屋敷を出て施設へ移らなければなりません。お屋敷も土地もお父様の作った借金の抵当に入っていて、銀行に差し押さえられることになってしまったんです」

「差し押さえって……？」

「銀行のものになるということです。ですからお二人はもうここには住めないんですよ」

「お父様は？　どこにいったの？」

弁護士は口ごもった。妻が息を引き取って間もなく、父は姿を晦《くら》ましてしまっていた。

「お仕事で少し遠いところに旅行に行かれたんですよ。しばらくすれば、きっとお二人を迎えにいらっしゃいますよ。それまで、兄妹仲良くして、力を合わせて頑張ってくださいね」

「うん、わかった。おとうさまに、おみやげを頼んでおいてね」

妹は、なにも知らなかった。母が死んだことすら、まだきちんと理解できる年ではなかった。弔問《ちょうもん》のために屋敷に集まってきたお客に喜び、パーティかなにかと勘違いしてニコニコと挨拶をし、宝物にしていた、父の外国土産のお人形を見せて回っていた。

「ぼっちゃまたちが気の毒で気の毒で、とても見ていられないよ……」

使用人たちも喪服を着ていた。誰もが憔悴《しょうすい》し、厨房《ちゅうぼう》の一隅に集まってうなだれていた。使用人のほとんどは母の実家からついてきた人たちで、母をとても慕っていた。

「会社の人たちも親類も、あれだけ世話になっておきながら、この家に一文もないとわかったら手のひらを返したように……施設なんかにやられて、お二人が辛抱できるわけがないよ。風にも当てたことがないほど大切にお育てしてきたっていうのに」

「本当になんてことだ。あんなかわいいお子さんたちを残して自殺するなんて、旦那様は頭がどうかしていたとしか思えないよ」

「土地も家も、あの魔女に注ぎ込んだせいで、なにもかもなくなってしまった。あの魔女は今頃、またどこかの金持ちに取り入ってのうのうと暮らしてるんだろうよ。とっ捕まえてぶちのめしてやりたいよ」

漏れ聞こえてきた話を耳にして、少年は、棒を飲んだように立ちつくした。——父は、もう戻ってこない。小さな体が震え出した。自分と妹は、親に捨てられたのだ。

「ぼっちゃま！」

執事が、ドアの陰の少年の姿に気づいて、はっと声を上げた。少年は身を翻《ひるがえ》し、長い廊下を走りだした。

人の顔が映るほど磨かれた長い長い廊下。離れのある大きな屋敷。手入れの行き届いた広い庭園。運転手付きの何台もの外車。親切な使用人に囲まれた、贅沢《ぜいたく》で幸せな暮らし。そのすべてを、父は、たくさんの宝石と引き換えにしたのだ。お金も、家も、少年と妹のためにはなにひとつ残さず、あの魔女にやってしまったのだ。

「おにいさま？　あのね、だれもご本を読んでくれないの。おにいさま、これ読んで」

途中、客の相手に退屈してしまった妹が、お気に入りの絵本を持って兄を捜していた。――「真珠になった魔女」。

少年は、妹の手から絵本を奪うと、絵の中の美しい魔女の顔を、びりびりに引き裂いた。妹がびっくりして、火がついたように泣き出す。少年は絵本の残骸を床に叩きつけ、階段を駆け上がって書斎に飛び込んだ。そして父が世界中から集めた骨董や、机の上にあったものを、手当たりしだいに投げつけはじめた。クリスタルの文鎮がガラスに当たり、飛び散った破片が少年の左の眦《まなじり》を切った。

少年は、頤《おとがい》に力を入れ、震えるほど奥歯を食い縛った。そうして喉をこじ開けてこみ上げてこようとする嗚咽《おえつ》をこらえた。傷ついた眦から血が滴《したた》ったけれど、痛いと思わなかった。絶対に泣き言を云うものかと誓った。許さない。

父も、魔女も。絶対に許さない。絶対に絶対に。絶対に。
霞《かすみ》のかかった穏やかな空に、弔《とむら》いの鐘が響いていた。

それから四半世紀のち——

「年齢不問、東洋系。美貌。ただし宝石を主食とする女」を求め、十年間、一日も欠かさず主要な新聞の尋ね人欄に掲載され続けていたこの広告は、すでに世間では有名になっていた。日本だけではない。アメリカ、EU、中東、そして中国。人々は、注目と冷笑を鷹倉に浴びせた。

貧しい育ちから、奨学金で入った大学の在学中に企業を興して、たった十年足らずでアジア屈指の資産家へとのし上がった若き実業家。そんな男がなぜ、「莫大な富をもたらす魔女」なんていうつまらない迷信に、多額の報奨金《ほうしょうきん》をかけるのか。ロマンチストなのか、あるいはただの大うつけか、と。

同様に、医師である土屋も、学会から非科学的であるとバッシングを受けていたが、柳に風だ。

「人間が鉱物から栄養を摂取して生きているということは、医学的には考えられない。たとえ飲み込んでも、そもそも胃で分解し吸収することができないからね。デリケートな食道や腸を傷つけることにもなりかねない。歳を取らない、というのは個人の見た目の問題もあるが、どんな人間も細胞は老化する。人間である限りは。

ただね、宝石を食べる魔女の話は、おとぎ話や迷信とは断言できないと思うんだよ。ルイ十四世やメディチ家、スペインの王族など時の権力者に保護され、東洋ではオスマントルコや清朝にも仕えていたという記録もちゃんと残っているんだ。日本にだって古くから座敷わらし信仰があるし、ロシアは彼らを手放してしまったために革命が起こったとも云われている。一説にはナチスが手に入れようと血眼《ちまなこ》になっていたとも。大変に寿命が長いそうだから、まさに歴史の生証人というわけだよ。もし実在するなら、ぜひ一度会って話を聞いてみたいと思っているんだ」

そういって、オブザーバーとしてでいいから面接に立ち会わせてほしいと、突然押しかけてきたのだ。

「たとえば？　ロシア皇帝の末娘は本当に革命で死んだのか、とかか？」

すると、ＭＩＴ留学経験もある医学博士は、大真面目にこう答えてきた。

「いや、ぼくのはもう少し医学的な見地だ。そう……例えば歴代のパトロンの中で、誰の陰茎が一番長かったか、とか。興味ない？」

「……あるか、そんなもの」

「鷹倉はどうして魔女を捜してるの？　やっぱりお金？」

「おまえに云う必要はない。いちいち詮索するな」

「はい。ごめん」

鷹倉はこの男が苦手だった。とぼけた人の好《よ》い顔に騙されそうになるが、肚《はら》の中でなにを考えているか、土屋には得体の知れないところがある。

学生時代から、なぜかなにかというと鷹倉に構いたがり、社会に出てからも度々押しかけてくるおかげで使用人たちは「旦那様のご学友」と認識しているようだが、鷹倉にはまったくそのつもりはなかった。他人に友情など感じたことはない。立ち会いを許したのは、面接にきた者の中に、自分が本物だと証明しようとして無理に金貨や宝石を飲み込んでみせることがあるためだ。万が一のときのために、医者がいるのは都合がよかった。

その日も、土屋を邸に呼んでいた。雪催《ゆきもよ》いの寒い日だった。面接のために応接間の扉を開けた途端、鷹倉はしかめ面《つら》になった。

ゴブラン織のソファに腰かけていたのは、薄汚い身なりの、貧相な青年だったのだ。

ぶかぶかのコーデュロイの上着は肘がすり切れ、かつて白だったとおぼしきセーターは糸がほつれ、短すぎるズボンは臑《すね》が見えてしまっている。どこかで拾ってきたような靴はぶかぶかで汚れて穴があきそうだし、しばらく風呂にも入っていないだろう。

顔は一面醜いそばかすだらけの上に、ひどく血色が悪く、カサカサに荒れて頬や眉間《みけん》の皮が剥け、唇は痛々しく破けて血が滲《にじ》んでいる。脂気が抜けて毛先が痛んだ茶色の髪。ガリガリに痩せて筋ばった首と肩。そしてなにより、顔の生気のなさが目立った。澱《よど》んだ、無気力な、黄色く濁った目。

「……おい」

土屋はにこにこと青年に笑いかけたが、鷹倉は、人差し指で白髪の執事を呼びつけた。一昨年還暦を迎えた彼は、代々鷹倉に仕えてくれている、忠実な男だ。魔女捜しの協力者であり、鷹倉のよき理解者でもある。

「いったいどこのホームレスだ。新しい下働きを雇いたいというのは聞いていたが、あれじゃひどすぎるし、第一使用人の面接はおまえの仕事だろうが」

「大変申しわけございません。手違いで守衛が通してしまったようで……」

「時間のむだだ。いくらか金をやって、警備を呼んで追い返せ」

「……あの」

ヒソヒソと話していると、そばかすの青年が、おずおずと立ち上がった。上着のポケットから、皺くちゃになった紙切れを引っ張り出す。

「これを読んできました。ここに来たら、お金くれるって……」

風邪をひいているような、ひどい掠《かす》れ声だ。鷹倉と土屋はちらっと顔を見合わせた。青年が握り締めていたのは、黄ばんだ新聞記事だったのだ。

鷹倉は聞こえよがしに舌打ちした。ただでさえ今朝方ロンドンマーケットが荒れて睡眠不足で、彼は機嫌がよくなかった。青年はおそらく、鷹倉の前で石を飲み込む真似をすれば金が貰えると勘違いしているのだろう。住所は公表していないのに、どういったルートで調べるのか、時折こうして直接自宅を訪ねてくる輩《やから》がいるのだ。

ジロリと睨みをくれてやると、執事は畏《かしこ》まって頭を垂れ、警備を呼ぶために電話をかけにいった。それ以上の当たりどころがなく、苛々と煙草に火をつけた。

「せっかく来てもらったんだが、そこにも書いてある通り、募集しているのは女性だけだ」

「あの……でも、それ以外はあてはまっています」

大事そうに切り抜きを握り締めている手は、粉がふくほど乾燥して皸《ひび》になっている。ボコボコに変形してしまった爪を見て、鷹倉は眉をひそめた。——昔、妹と二人で送られた施設には、あんな爪をしている人間が周りに大勢いた……。

鷹倉は、受話器を持ち上げた執事に目配せをした。警備につまみ出させるのだけはやめてやろうと思ったのだったが、

「執事さん、いいですよ。話を聞いて、あとでぼくが送っていきましょう」

土屋がそう云ったので、彼が珍しく出した仏心は宙ぶらりんになってしまった。どういうわけか、昔から土屋とはこういうタイミングがかち合う。

「はじめまして。ぼくは土屋といいます。きみの名前は?」

「……カズナ」

土屋はキャビネットから、骨董品のキャンディボックスを取り出した。蓋を開けて勧めたが、青年は首を振って断り、味方になってくれそうな医師を縋るようにじっと見上げた。

「男ではどうしてもだめなのでしょうか。なにか、お役に立てませんか」

土屋が困ったように振り向いたが、鷹倉が不機嫌そうに煙草をふかしているのを見て、仕方なさそうに首を振った。

「ごめんなさい。せっかく来てくれたのに、本当に申しわけないね。捜しているのは、ドレスの似合う貴婦人なんだよ」

「では宝石を下さい。せめて、食べるところをご覧にいれます」

「食う？　飲み込むの間違いだろう」

鷹倉は冷淡に目を細め、煙草の煙をふっと吐き出した。顔に吹きかかったが、青年は眉も動かさずじっと鷹倉を見つめていた。

「その記事を読んで、同じことを云うやつは日に何十人と押しかけてくる。証明しますと無理に宝石を飲み込んでみせて、ほらわたしが本物です、というわけだ。訓練すれば、水なしで直径二センチの鉱物でも苦もなく飲み込めるようになる。おかげで立ち会いに医者をおかなきゃならなくなった」

「飲み込んだものは普通はあとで下から出てくるけど、時々無茶をする人もいるからね。万一のときに備えているんだよ」

「わたしは……」

「これまでに六百人ほどを面接した」

鷹倉は青年の言い分を遮《さえぎ》った。

「それでわかったのは、自分から「証明します」と結論を急がせようとするやつはまず、九分九厘謝礼金目当ての偽物だってことだ。それに、もし君が正式に申し込んできたとしても、面接まではたどり着けない。写真と書類の段階で撥《は》ねられる。ほとんどの人間がそうだ。美貌という条件は満たせても、何百年も権力者の間を渡り歩いてきた経歴までは詳細に創りあげきれず、その段階でぼろが出るからだ」

「……あなたが……この記事を出した方……？」

青年は、滔々《とうとう》と語る鷹倉に、どんよりと濁った目を向けた。

「鷹倉だ」

「魔女に会ったことが…？」

「いや。残念ながらまだだ」

「会ったことがないのに、それでどうやって、本物と偽物の見分けをつけるのですか？」

「それは云えないな」

鷹倉は唇の端を吊り上げて笑った。

「見分け方を話してしまったら、ますます偽物が殺到することになる」

「……はい」

「君、仕事はなにを？　どこに住んでいるの？」

しゅんとなってしまった青年に、土屋が優しく声をかける。

「いいえ。仕事はしていません」

お金を持っていないので今日は川崎から歩いてきたと、あっけらかんと話す。その無邪気さには土屋も目を丸くしたほどだが、鷹倉は次第に不愉快になってきた。

「時間だ。執事に下まで送らせよう」

カズナはまだ未練げにしていたが、執事が扉を開けて促《うなが》すと、これ以上の説得は無駄と悟ったのか、力なく立ち上がった。

棒きれのように細い体だ。動作が億劫《おっくう》そうなのは、ろくなものを食べていないせいだろう。まだ若いくせにどういう生活をしているのかと、鷹倉は呆れ、苛立たしかった。

彼より若い頃、鷹倉にも金がなかった。家族も、帰るべき場所も。だが、どんな窮地でも、人にほどこしを乞うようなプライドのない真似をしたことは一度もない。たとえ一週間、水しか口に入れるものがなかったとしてもだ。

が、人の好い大病院の三代目は、いたく同情してしまったらしい。「送っていくよ」と親切に声をかけている。

「家はどこ？」

「家は……特に決まっていません。今は公園や駅の地下通路に住んでいます」

「それじゃ冬は寒くて大変だ。仕事をはじめるにも、まずは住所を確定しなくてはね。色々と相談にのってくれる人を知ってるから、よかったら紹介するよ？」

勝手にしろと、鷹倉は煙草の喫《す》いさしを暖炉の火に投げ込み、青年が立ち上がったばかりのソファにどすんと腰を下ろした。

「少し横になる。三十分したら起こせ」

上着を脱いでネクタイも緩めると、ソファに体を横たえた。袖のカフスも外してティーテーブルに転がす。

この数年、鷹倉は行き詰まっていた。

魔女捜しをはじめた頃、鷹倉はまだ少年だった。貧しい生活を切り詰めて文献を集め、きついアルバイトで貯めた金で海外の縁《ゆかり》の地を訪ね歩き、起業して成功してからは、あらゆるコネクションを駆使し金も惜しまず注ぎ込んできた。十年前、懸賞金をかけることを考えついて国内外の新聞に広告を載せるようになってから情報は桁違いに増えている。にもかかわらず、これといった手ごたえはない。記事を見て訪ねてくるのは、金品目当ての薄汚い連中ばかりだ。

砂丘に投げ込んだ、たった一粒の砂を探しているに等しい。——以前知り合ったアラブの石油王は、鷹倉の魔女捜しをそう表現した。生きているうちに、たったひとりの魔女と巡り会うことすら、困難を極めるのだ。もし神の加護があり、運よく出会えたとしても、それが君の求める〈魔女〉だとは限らないよ、タカクラ——。

……だが諦めはしない。

どれほど困難であろうが。三十年かかろうが、それが五十年になろうが。この肉体が、死の床《とこ》に就《つ》くまでは。

ふと、視線を感じて目を開けた。青年が立ち止まって、ティーテーブルを凝視《ぎょうし》している。鷹倉が外した真珠のカフスが転がっていた。いつでも魔女の真贋を確かめられるようにと、一年中身に付けているものだ。

青年の動きは素早かった。あっと思ったときには、カフスは指でつままれて、口のなかにころりと入ってしまっていた。

「あっ……！　ばか！」

「きみっ！　吐き出しなさい！」

カフスにはプラチナのピンがついている。医師が駆け寄って顎を掴み、下を向かせて口をこじ開ける。だが。

その瞬間。

なにが、目の前で起こったのか。その場にいた誰もが、自分の目で見たものを、にわかには理解できなかった。

まず、変化は、青年の膚《はだ》からはじまった。

一面に広がっていたそばかすが、ゆっくりと、地肌に溶けるように薄くなりはじめたのだ。そして、それにつれて、くすんだ黄土色の膚は次第に白く透き通っていき、やがて頬にぽうっと赤みが差しはじめる頃には、そばかすは車の泥はねを拭き取ったように、すっかり消えてしまっていた。

それだけではなかった。カズナが瞬きをすると、濁っていた瞳が、雲が晴れるようにさあっと澄んでいったのだ。さらに、白く粉をふくほどの膚荒れも見る間に内側から潤いを増し、なめらかになり、やつれていた頬はふっくらしはじめ、バサバサに傷《いた》んでいた髪は絹糸のようにしなやかになっていった。

鷹倉は、ただばかみたいに口を開けて、目の前で起きた奇跡を凝視していた。

青年は、口の前に手の平を広げて、その上にぷっとなにかを吐き出した。その指もまた、変形していた爪までもがなめらかになり、つやつやと光りはじめている。

鷹倉は、震える手でぎこちなくカズナの手首を掴み、上に向けさせた。

全身のうぶ毛が、焦げたようにチリチリと逆立った。

手の平にのっていたのは、小さくなった真珠だった。――ちょうど、葡萄の種のように。

第二章

珊瑚《さんご》色の舌にダイヤモンドが触れると、シュワ…と小さな音がした。グラスに注いだシャンパンが泡立つような、軽やかな音色。

カズナは可憐《かれん》な唇をきゅっと閉じて、子供が口のなかでしゅわしゅわと弾けるきつい炭酸の刺激を味わうのに似た顔をしてから、満足げに小さな息をついた。その頬は湯上がりのようにぽうっとピンク色にけぶり、瞳には一口ごとに、生き生きとした生命力が漲《みなぎ》っていく。

もうひとつ、今度はルビーをつまもうと、皿に指を伸ばしたカズナは、テーブルの右向かいに座った土屋がじいっと凝視しているのに気づいて、遠慮がちにおずおずと手を引っ込めた。高価な宝石ばかり食べすぎた、と思ったのだろう。土屋ははっとして、皿をカズナのほうに押した。

「ああ、すみません、ついじろじろ見てしまって。どうぞ、たくさん召し上がってください。ずいぶんお腹が空いていたんでしょう?」

カズナはふるふると頭を振った。

「ありがとう。でももうお腹いっぱいいただきました」

「とても日本語がお上手ですが、カズナさんは、お生まれは日本ですか? 目や髪の色は少し北欧に近い気がしますね」

カズナと呼んでください、と魔物はにっこりと柔和《にゅうわ》な微笑を浮かべた。声は、これも宝石の効果なのか、音楽的なテノールに変わっていた。

「生まれのことはよくわかりません。あまり記憶が定かではないのです。ただ、日本にくるまでお世話になっていた侯爵家では、もとは東洋のある小国からの献上品だったわたしを、この間の戦で大勝利したご褒美《ほうび》として、陛下から賜《たまわ》ったのだと聞いています」

「この間っていつくらいのことです？　失礼ですが、カズナ、お歳は？」

「この間」が二百年くらい前、歳はおそらく三百に少し欠けるくらいだと聞き、土屋は感嘆を隠さずに唸った。

世間では魔女と一口に呼ばれるが、カズナのような男性型が存在しないわけではない。ただ非常に珍しく、文献に取り上げられることもほとんどなかった。歴史の華やかな舞台で暗躍するのは、いつの世も、やはり女が中心なのだ。

しかし、男であろうと、伝説の生き物であることには変わりない。パトロンはいくらでもいたはずだ。公園や駅でホームレス同然の生活？　そんなばかな話は聞いたことがない。考えられるのは、以前のパトロンが没落か急死かなにかして、行き場を失ったか——だが普通は、魔性は次の行き場を確保してから宿主を見放すものだ。だとすると、カズナはとことん要領の悪い魔性だということになる。

「欧州ではずっとその侯爵のお城に？　あちらにはあなたのお仲間が何人もいたのかな」

「何度か、噂を耳にしたことはあります。でも、まだ一度も仲間に会ったことはないのです。お城の奥深くにいて、自由に外を出歩いたりはできなかったので」

「そうですか……それは寂しいでしょう。鷹倉のところにいれば、いずれお仲間について情報が入るかもしれません。なにしろ彼は学生時代から——鷹倉？」

土屋は、カズナが真珠を食べてからずっと、口をなくしたかのように黙り込んでいる鷹倉を、怪訝《けげん》そうに振り向いた。

「あ？　あ……ああ」

「ハハハ、感激して見とれるのはわかるけど、こっちへ来て話をしようよ。カズナ、彼は、ずっとあなたのファンだったので、緊張しているんですよ」

「ファン……？」

カズナは、不思議そうにゆっくりと鷹倉を見上げた。

窓から射し込む夕陽を吸って、瞳が深い琥珀《こはく》色に輝いている。折れそうに細い首の上にのっている、完璧な卵型の小さな顔。気品のある顔立ち。すらりと伸びた四肢。中性的な体の輪郭が、光の粉をまぶしたように淡く輝く。そこには、さっきの貧相な青年の面影《おもかげ》はどこにもない。

これが魔女——魔性というものなのか……。

「カズナ。もしよかったら、しばらくここに滞在するといいですよ」

と、突然土屋が勝手なことを云い出した。

「ありがとう。お世話になります」

「おい。勝手になにを……」

「いいじゃないか。どうせ部屋はたくさん余ってるんだから」

「おれは明日からロンドンに出張で留守にするんだ。客の接待はできない」

「じゃあぼくが仕事が終わったら毎日様子をみにこよう。執事さんもいることだし、一週間でも十日でも心配いらないよ」

くそ、と鷹倉は苦虫《にがむし》を奥歯で擦り潰した。

「あの……タカクラ」

はにかんだように頬を赤らめながら、カズナが「これ……」とポケットから折り畳んだメモ用紙を差し出した。

「……口座番号？」

カズナはこっくりと頷いた。子供が書いたような字で、名前と口座番号が記してある。どうやら、報奨金の一億をここへ振り込めということのようだ。

「わかった、だが今日はもう無理だ。銀行も閉まってる」

「わかりました。では、現金でください」

「……あいにくだが、おれの財布は一億も入るほどばかでかくない。それに一億の現金なんかどうやって持ち歩くつもりだ？」

「あ！　そうでした。鞄を持ってきていません」

横で聞いていた土屋がぷっと噴き出した。

……うんざりだ。

「……とにかく、現金にせよ振込にせよ、明日銀行が開いてからだ。現金で欲しかったら、鞄に詰めてやる」

カズナは嬉しそうににっこりした。

「ありがとう。鷹倉は親切な方ですね」

むだ金だ、と思いながら、鷹倉はメモを受け取り、懐にしまった。

どちらにせよ、これが父の愛人である可能性はゼロだ。父に同性愛趣味はなかったし、もしこんな間抜けに骨抜きにされる男がいるなら、一度顔が見てみたいものだ。どんな美貌だって、知性が伴わなければ、ただの金食い虫だ。

だいたい、魔女というのは、もっとあやしく狡猾《こうかつ》な生き物のはずだ。いや、そうあるべきだ。

おとぎ話では可憐な姫君として描かれることが多いが、あれは子供向けに脚色された人物像で、実際には、傾国《けいこく》の美女と呼ぶのがふさわしい。某国の王室で、皇帝と皇太子がどっちの閨房《けいぼう》にはべらせるか奪いあいをした挙句に、一族が分断して政権争いにまで発展したという例もある。

権力者に取り入り、搾《しぼ》れるだけ搾り取ったら、簡単に敵に寝返る。おまけに迷信に守られているからどこへいっても大切にされる。「生き血を浴びると若返る」という言い伝えを信じた伯爵夫人が惨殺するという事件もあったが、ほとんどはキリスト教の迫害を受けた時代でさえ、ひそかに王宮の奥深くに匿《かくま》われてしぶとく生き延びた。

男も女も、この世ならざる美貌だという。見つめればたちまち心をとろかし、魂を抜かれてしまうという、蠱惑《こわく》の瞳。髪は艶やかな絹糸。真珠のように輝く膚と、悩ましく官能的な肉体を持ち、永遠に老いという鎖に繋がれることのない神秘の生き物――…のはずだ。

「それにしたってさっきは腰を抜かしました。宝石を食べるってことはわかっていたつもりだったんですが、まさかあんなふうに変わるなんて思ってもみなくて。そういえば、気分は悪くないですか？　急に新陳代謝が活発になって、体がびっくりしていないかな」

「しん、しんちん……なに？」

「こちら様は、大変ご高名なお医者様でございます」

紅茶を注ぎ足しにきた執事が説明した。

「いやいや、恥ずかしいですよ。ぼくはただの町医者です」

「医者……」

と、カズナは突然すすすー…っと尻でソファの座席をいざって、土屋から離れようとする。

「カズナ？」

「……ち、注射をするのですか？」

「ええ？　ハハハ、いいえ、元気な人にはしませんよ。カズナ、注射がお嫌いですか」

「大キライです」

カズナは、いつ土屋のポケットから注射器が出てくるかと、びくびく顔だ。それを眺めて、鷹倉は溜息をついた。たぶんこいつは、パトロンに飽きられてお払い箱になったに違いない。自分なら間違いなくそうする。

東南にある最も陽当たりのよい客間が、カズナのために用意された。豪華なベネチア風の調度品が並べられ、大理石の床は暖房が入り、支柱のある大きなベッドには薄いカーテンが幾重にも下がっている。暖炉の前には、横になってくつろげるように毛皮が敷かれていた。賓客《ひんきゃく》を泊めるための特別な部屋だ。鷹倉が子供時代を過ごした邸の客間を模したものだった。

「立派なお部屋ですね」

欧州の本物の貴族の城に暮らし、目の肥えているカズナも、満足したようだ。

「調度品はすべて、イタリアから取り寄せた骨董でございます。お気に召していただけましたか」

執事が慇懃に尋ねると、カズナは部屋を見回してにっこりとした。

「ええもちろん。ベッドがあって、屋根があって、それに窓にガラスがちゃんと入ってる」

「お褒めいただき光栄でございます」

にこりともせず執事が答えたので、横で聞いていた土屋がたまらずに笑い出した。

「この通り、壁もちゃんとしてますよ」

「とてもすてきです。段ボールの家は、夏は風通しがいいのですが、風の日はよく屋根と壁が飛んで行きました。この間の雪で潰れてしまったので、駅の通路で寝ていたのです。一緒にいたホームレスさんたちがよくしてくださって、毛布や余分な新聞をくださいました。新聞にくるまって寝ると暖かいんですよ。その新聞に、鷹倉の出した記事が載っていました」

「ほう。字が読めるのか？」

「鷹倉、それは失礼だよ」

「読めません」

カズナはにっこりと答えた。記事は世話になったホームレスに読んでもらったのだという。やはり知性ゼロかと鷹倉は憂鬱になった。

だがまあ、こんなのでも一応は魔性だ。なにかの役には立つだろう。こいつを餌にして魔女をおびき寄せることができるかもしれないし、好事家に高額で売りつけてもいい。

「とにかく、今日からはここでゆっくり休ませてもらうといいですよ。荷物はありますか？　必要なものがあれば取りに行ってきましょう」

「ありがとう。でもあまり持ち物はないんです。置いてきたのは毛布と歯ブラシくらいで、毛布は誰かが使ってくださると思います」

カズナは、ベッドサイドのナイトテーブルに、上着のポケットから、折り畳みの小さな写真立てを出して飾った。

「浴室はそちらのドアでございます。足りないものは、なんなりとお申しつけください」

「ありがとう、執事さん。お世話に……あっ」

鷹倉が、突然写真立てを引ったくったので、カズナは抗議の声を上げた。それは、正装した外国の貴族と、ドレス姿の貴婦人の古い写真だった。

ウエストを絞って、腰を膨らませた裾の長いドレス。レースの手袋とパラソル。花飾りがついた大きな帽子……。

「……これは。この写真は」

「それは、わたしと侯爵の写真です」

わたしを下賜《かし》された侯爵のひ孫に当たる方です、とつけ加える。

「どうして女の格好をしてるんだ」

「侯爵夫人のご趣味で……。お二人の間には男のお子様ばかりだったので、ほんとうは女の子が欲しいとおっしゃって、ときどきこうしてドレスを着せられていたのです」

「客と会うときもドレスを？」

カズナは思い出したようにくすくすと笑った。

「そんなこともありました。侯爵はいたずら好きで、お客様をからかって楽しむのがお好きだったんです。それに珍しいもの、新しいものもお好きで、この写真も外国から技師を呼んで、国で一番最初に写真を撮らせたのもあの方でした。ご婦人方は魂が吸いとられると怖がって尻込みしたので、わたしが一緒に」

興奮で、息が詰まりそうだった。ザワザワと、首筋に鳥肌がたちはじめた。

「……カズナ。この写真は、桜川《さくらがわ》という男が持っていたんじゃないか?」

「サクラガワ……?」

カズナは小首を傾《かし》げたが、その瞳が揺れたのを鷹倉は見逃さなかった。

「……その人と、お知り合いですか?」

「いや、名前を知っているだけだ。二、三十年前、熱心に魔女を捜していた富豪だと聞いてる」

鷹倉は嘘をついた。桜川は、死んだ父の姓だった。父をどうしても赦《ゆる》すことができず、成人してから、鷹倉という母の旧姓を名乗っている。

「よくご存じですね。もともとその写真は、昔桜川の曾祖父だか、そのお父様かに、侯爵が差し上げたものだったのです。わたしは覚えていませんが、ご遊学中に侯爵の城に立ち寄られて、一緒に晩餐をしたことがあったとかで。侯爵と写した写真はそれ一枚きりなので、とても懐かしがっていたら、桜川がわたしに返してくださったのです」

「……その桜川は、どんな……人間だった?」

「背の高い方でした」

カズナは、霞の奥を探るようにふっと遠い目になり、そしてこう付け加えた。

「それにとても優しくて、とても……情の深い方でした……」


音を立てて書斎のドアを閉めると、鷹倉はキャビネットのスコッチを取り出し、生《き》のままで喉に流し込んだ。仮眠用のソファにどさりと脚を投げ出して座る。酒は食道をカッと焦《こ》がしながら滑り下りていった。

「おまえは知ってたか。親父にそっちの趣味があったのを」

土屋を送り出して戻ってきた執事は、主人の質問に頭を振った。

「いいえ。ただ亡くなられたお父様は、ずっとあの写真の魔女に執着しておいででした。ですから、男だとわかっても、お気持ちを止めることができなかったのかもしれません」

「……どういうつもりだ、あのクソ親父は」

鷹倉は、手荒くネクタイを引き抜き、ぐいっとグラスを干した。

「男を愛人にしていたのはまあいい。目をつぶってやる、人間には気の迷いってものがあるからな。だが、よりによって、どうして——あんなのを」

「は……」

「よくあんなトロくさい、男のくせにニコニコと笑っているのだけが取り柄みたいなのを囲い者にしてたもんだ。趣味が悪すぎる」

「さようで」

「くそ。それにしても予定外だ。女だったら、戸籍をでっちあげて結婚してやるつもりだったのに……」

復讐の手段は、かねてから考えていた。甘い言葉でくすぐり、たっぷりと愛情を注いで慈しみ、甘やかし、鷹倉に身も心も捧げさせたら、幸福の絶頂で売春宿に放り込んでやるつもりだった。楽園から地獄へ。かつての自分と幼い妹が味わったように——

すると、考え込む鷹倉に、執事が静かに申し出た。

「旦那様。わたくしに少々、考えがございます」


「仕事……ですか？　わたしに？」

鷹倉が用意させた真新しい服に着替えて夕食の席に着いたカズナは、突然の申し出に、戸惑った様子をみせた。無理もない。湯水のように宝石を与えても、働けといった人間などいないはずだ。

「おれが魔女——魔物を探しているのは、世間ではかなり有名だ。急に君が客として滞在すると、なにを言い出すやつが出てくるかわからない。幸い、土屋やこの家の者は口が堅いが、君を攫《さら》ってどうにかしようとする悪どい考えの人間がいないとも限らないから、できる限り君の正体は伏せておきたい。それで、君さえよければ、おれの秘書ということにしないか。それならここに住んでもだれも不審に思わないし、給料も出す。秘書といっても誰にでもできる簡単な仕事だ。ちょっとした掃除や、おれの身の周りの世話。どうだろう、悪くないと思うが？」

執事の考えとは、カズナに仕事を与えることだった。

「そもそも、正式な復讐というものは、こちらの受けた手傷と同じだけのダメージを相手に負わせることでございます。そこで、かつて旦那様の受けてこられた屈辱を、あの魔物にも味合わせておやりになっては？」

「おれと同じ屈辱……？」

「たとえば、靴磨きをさせてはいかがでございましょう」

「靴磨きか……」

すぐに、執事の云いたいことが理解できた。

鷹倉は、施設にいたあと遠縁の家に身を寄せていたことがある。体《てい》のいい下働きのようなもので、朝は家族全員の靴を磨かなければ朝食を食べさせてもらえなかった。家にいた同じ年頃の子供にとっては、奴隷のようなものだった。大人の見ていないところでは威張《いば》りくさり、兄妹の惨《みじ》めな待遇を吹聴《ふいちょう》して回った。学校の帰り途《みち》、「小遣いを稼がせてやる」と数人で駅前に引っ張っていき、嫌がる鷹倉に路上で通行人の靴を磨かせ、笑いものにしたこともあった。

それまで人に頭を下げたことなどなかった鷹倉にとっては、たまらない屈辱だった。だがどんなに惨めで、腹が立っても、小さな妹を連れて他に行くあてもなく、唯々諾々《いいだくだく》と従うしかなかった。当時のことは、いまだに夢に見ることがある。

「家のものは皆、旦那様とあの魔物の因縁《いんねん》を承知しております。いたぶりのネタにも事欠きませんでしょう」

面白い――伝説の魔物を奴隷のようにこき使う。そんな贅沢をするのは、世界中捜したって他にいないだろう。考えただけでぞくぞくする。

カズナは黙って聞いていたが、急に俯《うつむ》くと、スプーンを置いてしまった。

事を急ぎすぎたか、と鷹倉は内心焦《あせ》った。この話を持ちかけるのは、もっと時間をかけて油断させてからにすべきだったかもしれない。

「もちろん、気がすすまないなら無理にとは云わんが……」

「いいえ。ありがとう、鷹倉」

だが顔を上げたカズナは、かすかに瞳を潤ませていた。

「そんなにもわたしのことを考えてくださって、とても嬉しく思います。ずいぶん迷いましたが、ここへ来てよかった……きっと鷹倉には、この先、たくさんの御加護があるはずです」

「……こちらこそ。勿体《もったい》ないお言葉だ」

鷹倉はナプキンをテーブルに丸め、立ち上がると、カズナに近づいていって右手を差し出した。そして、カズナが優雅にその手を握り返してくるや、手荒く引っ張って立ち上がらせた。

「契約成立だ。来い」

そのまま、引きずるように廊下へ出た。階段を上がり、北の廊下の突き当たり、厨房の横の戸を開けた。

そこは四畳あまりの納戸《なんど》で、段ボール箱や麻袋などが無造作に積まれ、生乾きの雑巾の放つ厭な臭気がこもっていた。鷹倉は、その中にカズナを突き飛ばした。

「旦那様。お持ちいたしました」

靴の入った箱を五つ重ねて執事がやってくると、鷹倉は、冷たい床に座り込んだカズナの前に置くよう指示した。カズナは、彼の急な態度の変化がまだ飲み込めずに、ただぽかんとしている。

執事の後ろから、数人のメイドが次々と靴の入った箱を高く重ねて運び入れた。箱は狭い部屋にいっぱいに積み上げられ、カズナは一歩も身動きできなくなってしまった。

「……あの。鷹倉？　これでは出られません」

「出る必要はない。今日からここがおまえの部屋だ」

鷹倉は冷淡に言い放ち、箱の山の上に、カズナの唯一の持ち物である、二つ折りの写真立てをのせた。

「屋根も壁も窓ガラスもある。ベッドはないが、あとで布団を運ばせる。充分だろう？」

カズナは、まだ理解できないようだった。だが、厳しい顔をしたメイド頭がやってきて靴クリームとブラシを放り込むと、その鈍い頭でもじわじわと理解しはじめたようだった。凍りついたように見開かれた両目を見て、鷹倉の胸の奥に、昏《くら》い喜びの炎が燃え上がった。

「せいぜい念を入れて磨いてくれ。おまえの夕食は、ここにある靴を全部磨き終えてからだ」

ぐらぐらと揺れている箱の山をちょんと指先でつつき、鷹倉は踵《きびす》を返した。背後で雪崩《なだれ》を起こした音と、カズナの悲鳴がした。廊下を戻る男の頬に、冷たい満足の笑みが広がっていった。

第三章

「さすがに参っているようでございますわ」

ロンドンでの四日間の日程を駆け足で片づけ、空港からまっすぐ松濤の邸に戻った鷹倉は、荷物を下ろす暇も惜しみ、真っ先にメイド頭の吉野《よしの》を書斎に呼んで、留守中のカズナの様子を聞き出した。

「お言い付け通り、朝の四時、まだ真っ暗なうちに起きて、陽が暮れるまで一日中窓掃除をしています。一階の応接間からはじまって、お二階の厨房まで、十八部屋。四日かかって昨日ようやく終わったので、また応接間からやり直しを命じたところですわ。慣れないことをやらさせているせいか、疲れで腕が上がらなくて、時々脚立《きゃたつ》の上で居眠りをしています」

「今度もし、さぼってるところを見つけたら、遠慮はいらん。思いっきり脚立の脚を蹴とばしてやれ」

「かしこまりました」

この吉野は、母が嫁《とつ》ぐとき実家から付いてきた使用人のひとりで、鷹倉と妹のことも実の子供のようにかわいがってくれた女だ。

父の愛人が男だったこと——そしてカズナが初めて宝石を食べるところを見たときにはさすが

に腰を抜かしていたが、数十年前に儚《はかな》くなった女主人の無念さと憎しみが、改めて胸に湧いてきたのだろう。監視役を喜んで引き受けてくれた。

「それにしたって、あの子のおかげで余計な仕事が増えて増えて……。靴を磨かせればあの調子ですし、コーヒーを運ばせたらつんのめって、ペルシャ絨毯《じゅうたん》を台無しにされました。どんな神経をしているのか、どんなに叱っても厭味《いやみ》を云ってもちっとも手ごたえがないんですから。暖簾《のれん》に腕押しっていうんでしょうか、なにを云ったってニコニコしているんですから、まったく憎たらしいったらありません」

吉野は心底憎々しげに鼻を鳴らした。

「ホームレス同然の暮らしをしていたとかいいますけれど、それもどうだか。ああなにもできないのでは、とてもそんな厳しい生活ができるはずがありませんわ。同情をひくためにでっちあげた作り話に決まってます」

「まあ、そうカリカリするな。血圧が上がるぞ。人間だと思って扱うから腹が立つんだ、頭の悪い犬に芸を仕込んでるとでも思えばいい。……そうだな。どうせ人間じゃないんだから、食事もテーブルでさせなくていい。これからは、床に皿を置いて食わせろ」

鷹倉の残酷な命令に、まあ……とメイド頭は口もとに手を当てたが、すぐに思い直したように、固い表情で頷いた。

「こんなことで奥様やお嬢様の無念が晴れるとは思いませんけれども、あのバケモノだけがなんの苦労もなくのうのうと長生きをするのだけは赦《ゆる》しておけません。――ええ、赦しませんとも」

「頼むぞ。……さぁて、どれ、化け物の働きぶりを見にいってくるか」

「いまちょうど応接間におりますわ。それから旦那様、お夕食は七時半でよろしゅうございますか？」

「夕食はサンドイッチとコーヒーでいい。書斎で仕事をしながら食うから、運んでくれ」

「まあ、でも今日は久しぶりに家で食事を取られると聞いて、コックが腕を奮っております。せめてメインのお料理を一口だけでも……」

「吉野」

「……はい」

「耳が遠くなったのか？　書斎にサンドイッチとコーヒーだ」

「かしこまりました」

子供の頃から主人の頑固さをよく知っているメイド頭は、溜息をついたがそれ以上口答えせず、仕方なく引き下がった。

応接間へ足を向けると、広いバルコニーに、薄着で震えながら窓ガラスを磨いているカズナの姿があった。

耳朶も頬も真っ赤だ。窓は業者が月に一、二度来て専用のクリーナーで隅々まで磨いていくのだが、そんなことは知らないカズナは、雑巾で水拭きしている。

凍りそうなバケツの水に雑巾をそっと浸して、不器用に絞っては、かじかんだ指にはあーっと息を吹きかける。真綿のように白い息が風に吹き飛ばされていく。——その姿が、ふいに少年時代の自分に重なり、鷹倉は忌《い》まわしい過去の記憶を振り払うように軽く頭を振った。

鷹倉に気づいたカズナが、雑巾とバケツを持って、横にある扉から室内に入ってきた。外気がヒヤッと吹き込んでくる。

服はだいぶ薄汚れてきていたが、食事だけはたっぷりと与えさせていたので、やつれ方は期待したほどではなく、髪も膚も忌ま忌ましいほど艶を放っていた。

「鷹倉、お帰りなさい。旅行はどうで……あっ！」

「うわっ……！」

にこにこして近づいてきたカズナは、なにかケチを付けてやろうと待ち構えていた鷹倉の目の前で、つるっと足を滑らせた。そして宙をかいた手でとっさに鷹倉の袖を掴んだため、二人は折り重なるようにどうっと床に転がった。窓際は、こぼれたバケツの水で、一面水浸しだったのだ。

「あぁびっくりした……だいじょうぶでしたか、鷹倉？　どこかぶつけませんでしたか？」

「……いいから早くどけっ」

クッションのように下に敷かれた鷹倉は、むかむかしてカズナを押し退《の》けた。

「いったいなんだ、この床は！　誰が家の中に池を作れと云ったっ」

「バケツの水がこぼれてしまって。でも、池にするには浅すぎますね。——ああそうだ、一晩窓を明け放っておいたら、明日の朝スケートができるかも！　鷹倉、スケートは得意ですか？」

「………」

「……あの。鷹倉。気のせいでなければ、こめかみがピクピクしています」

「ほう。そうか。なぜかな」

「……あの…床、拭いた方がいいですね？」

カズナは怒鳴りつけられる前に、膝をついてそそくさと床を拭きはじめた。鷹倉はどっかりと椅子に腰を下ろし、煙草に火をつけてそれを眺めた。

「……おい」

「はい」

「雑巾を絞れ」

「はい？」

「はい？　じゃない。そんなに水がぼたぼた垂れた雑巾でいくら拭いたって、吸い取らないだろうがっ」

「あぁ……そうか。それもそうですね」

カズナは「絞る」という行為に初めて気がついたように、雑巾をバケツの上に持っていくと、おにぎりを握るように両手でぎゅっと丸めた。じゅわっと汚れた水がしみ出たのを見ると、布の端からまだポタポタと雫《しずく》がしたたっているのもお構いなしに、再びもたくさと水溜まりを拭きはじめる。

鷹倉は、苛々と煙草を灰にしていった。二本……三本。そして四本目を咥《くわ》えようとしたとき、とうとう我慢できず、立ち上がった。ワイシャツの袖をまくり、雑巾を引ったくる。

「鷹倉?」

カズナが小首を傾げた。

「貸せっ、イライラする! いいか、雑巾ってのはな、こうやって絞るんだ!」

ジャアーッと勢いよくバケツに絞り出された大量の水に、カズナは目を輝かせて拍手した。

「わぁ…! すごいすごい。鷹倉は、雑巾絞りのプロなのですか?」

「ばかかっ? こんなものにプロもくそもあるかっ、おまえがなにもできないだけだっ。わかったらさっさと床を拭け!」

烈火の勢いで怒鳴りつけられたカズナは、慌てて這いつくばって床を拭きはじめた。洗濯籠を抱えて通りかかった二人のメイドが、「いい気味」「天罰よ」と、そのみっともない格好を見てくすくす笑っていた。この邸に、カズナの味方はいない。四面楚歌《しめんそか》だ。——そんな故事は、この無教養な化け物は知らないだろうが。

「ところで、鷹倉。ご旅行はいかがでしたか?」

「どうもこうも、別に観光で行ったわけじゃない。……ああそうだ、ロンドンで、靴をまとめてオーダーしてきた」

鷹倉は椅子に戻って、長い脚を組み直し、惨めなカズナの背中を見下ろした。

「うちにはまともに履ける靴が一足もないからな。誰かが中敷にまでたっぷりと靴墨をサービスしてくれたおかげで」

ごめんなさい、とカズナは身を縮めた。最初の仕事として命じられた靴磨きを一晩かかってやり遂げたのだが、靴の中にまでクリームを塗ってしまい、五十足近くあった革靴を全部だめにしてしまったのだ。おかげで鷹倉は、同じサイズの秘書から借りた靴で出張するはめになった。

「……でも……鷹倉が無事に戻ってきてくれて、ほっとしました」

「ほっとした？」

「昔、ある大貴族と奥方様にとてもかわいがっていただいたのですが、お二人が亡くなられて代変わりしてから、新しい当主の身の周りのお世話をしていたことがあるのです」

「ふぅん？　で、あまりの役立たずぶりに城を叩き出されたか？」

「ひと月ほどして、新しい当主は、領地の見回りの途中、盗賊に襲われ命を落とされました」

「………」

「そこに間もなく流行《はや》り病と干ばつが襲い、跡を継いだ子息も皮膚がドロドロに腐り半月苦しんで死に、その跡を継いだ弟も片足が腐り落ち、両目を失明……わたしは借金のかたに他国へ売り渡されましたが、間もなく家は没落して、領地は召し上げられたと……」

その当時の惨憺《さんたん》たる有様を思い出したかのように、カズナの額は青ざめていた。

「だから、鷹倉の旅行中、ずっと気が気ではなかったのです。何事もなくお帰りになって、本当によかった……」

カズナは長い溜息をついた。あまりにもばかばかしくて取り合う気にもなれなかったが、立ち聞きしていたメイドたちが不安そうに視線を交わし合っているのに気づき、わざと声を大きくした。

「なるほど、それはご親切に。だがあいにく、おれは迷信なんてものはこれっぽちも信じてないんでな」

「……信じてない？」

あまりにも意外だったのだろう。丸く目を見開いて固まっているカズナに向かって、強い調子で続ける。

「おれが信じるのは、おれ自身だけだ。もし旅先で死んだとしたら、そこで運が尽きたからだ。魔物を蔑《ないがし》ろにした報いじゃない。流行り病だかなんだか知らないが、人間、死ぬときは死ぬし、生きるときはどうやったって生きるんだ」

はあ……、とカズナは茫然《ぼうぜん》としたふうに、気の抜けた吐息を漏らした。

「鷹倉は……変わってる。ではどうしてわたしを探していたのです？　魔性を手に入れた人間は、すべてを手に入れたも同然なのに……」

「くだらん。じっと待ってるだけで奇跡が起きるわけがない。起きたとしたって、人から与えられたもので腹を満たして、それでなにが楽しい。自分の実力で摑み取らなかったものは、いずれおれを裏切る。人をあてにして、甘い汁だけ啜《すす》るのは、人間じゃない。寄生虫だ」

「寄生…虫……？」

「ああそうだ。――おまえは、寄生虫だ。そう云われるのが嫌なら、食ったものに見合う分だけ、汗水流して働くんだな」

鷹倉は、カズナの髪を鷲摑んだ。下にグイと引っ張られて、華奢《きゃしゃ》な顎が苦しげにあおのく。可憐な唇が息苦しさに震えだすまで力を込めてから、ぱっと手を離した。カズナはバランスを崩し、床の水溜まりに倒れ込んだ。

「おおっと――失敬。花のかんばせを汚してしまったな」

鷹倉は薄笑いして、ポケットから清潔なハンカチを出し、カズナの顔を拭いてやった。そしてそのハンカチで自分の靴の汚れを拭くと、バケツの汚水の中に放り込んだ。


窓の掃除が三巡目に入ると、疲れ切って脚立に腰かけてうつらうつらしているカズナの姿が、頻繁《ひんぱん》に見られるようになった。

使用人たちはそれを見つけると、脚立を蹴って叩き起した。些細《ささい》な失敗でも見つけて報告した者にはボーナスを出したので、特に若いメイドたちは先を競って監視に励《はげ》んだ。

さらに鷹倉は、家の者全員に、カズナと言葉を交わすことを禁じた。話しかけていいのは、必要最低限の仕事を命じるときだけ。それ以外は、たとえカズナから話しかけられても返事をしてはならない。

終わりのない反復の重労働と、孤独。それらがなにより人の心を荒《すさ》ませることを、鷹倉は身をもって知っていた。もっとも、あの化け物に人間の心があれば…の話だが。

一方で、鷹倉は、魔女探しをそのまま継続させていた。

いつまでもカズナにいまの生温《なまぬる》い仕打ちを続けるつもりはなかった。いずれカズナには、家族を作らせ、そして最も幸福なときに引き裂いてやる。昔、鷹倉自身が味わったのと同じ苦悶《くもん》を与えるために。そのためには、あの魔物の子を産む魔女が必要だった。人間と魔物は番《つが》えないのだ。

だがそんな頃、事件は起こった。

二年越しの頭痛の種だった政府とのある交渉が急にスムーズに運び、久しぶりにいい気分で朝目を覚ました鷹倉は、珍しくダイニングルームで朝食を摂《と》った。普段は出社してからパンやおにぎりを片手間に食べることが多かったが、その日はチーズと刻んだイタリアンパセリをたっぷり中に入れたオムレツにカリカリにしたベーコン、温かいブリオッシュ、完熟オレンジのフレッシュジュース、淹《い》れたての熱いコーヒーという気分だったのだ。

階下に住み込んでいる料理人が、主人がいつどんなリクエストをしてもいいように、常に冷蔵庫やストッカーを一杯にして準備している。ピシッとアイロンをかけた清潔な白いクロスがかかった食卓に黄色のミニ薔薇が飾られ、朝の気持ちいい陽差しを瑞々《みずみず》しく弾《はじ》いていた。

食事の最後に、カズナが、コーヒーを運んできた。こぼさないように、慎重な手つきでテーブルにカップを置く。あれだけ冷たい水と洗剤を使っているのに、指は透き通るように白くなめらかだ。

鷹倉は、その手にかぶせるように、経済新聞を広げた。グループ関連企業の大躍進を、一面が伝えている。

「迷信は所詮、迷信だってことだな。……ああ、失礼。字が読めないんだったな」

聞こえよがしに云ってやると、後ろのメイドたちから、ひそやかなくすくす笑いが漏れた。

「じゃあわかりやすく要約してやろう。つまり、我が社は順風満帆《じゅんぷうまんぱん》だ。株は好調、業績はうなぎ登り」

「よくわからないですけれど……つまり、鷹倉は、お金をたくさん儲《もう》けたのですね？」

ばかにされたこともわからないらしく、カズナは無邪気に微笑《ほほえ》んだ。

「では、約束のお金も振り込んでいただけたのですね？」

「金？　ああ、そうだったな。いま現金でくれてやる」

鷹倉は、札入れをとってこさせると中から三万ほど抜き取り、床に放った。カズナは拾い集めた万札を、丁寧に裏返したり透かしたりしていたが、おずおずと尋ねてきた。

「あの、鷹倉……これは一万円札ですよね？　あと九千九百九十七万円足りません」

「足りんことはない。おまえのメシ代を引いたら、残りはこんなもんだ」

「そんな……どうして？　宝石は、働いたら食べさせてくれる約束でした。それに、新聞にも一億円くれると――」

「新聞？　字も読めないくせにどうして新聞に書いてあることがわかるんだ？」

鷹倉は、ゆっくりと唇の端をあげて嘲笑《あざわら》った。

「いいか、新聞に書いてあるのはこうだ。情報提供者に謝礼一億円。――本人に、とは一言も書いてない。おれが一億支払うという証文でもあれば別だが。もっとも、バケモノが契約書を持って裁判所に訴えたところで、まともに取り合ってもらえるとも思えんがな」

カズナの可憐な美貌が、少しずつ青白く褪《さ》めはじめた。

「……わたしを、騙したのですか……？」

「騙した？　誰に向かって口をきいてるんだ。バケモノが、いい気になるな」

カズナは、石を飲み込んだような顔をしたが、鷹倉の威圧的な眼差しに怯えたように、俯き、言葉を返してこなかった。その態度がますます鷹倉を苛々させた。朝のいい気分は台無しになっていた。

「おい、バケモノ。コーヒーの毒味をしろ」

「……毒、味……？」

「城主の死因が本当に流行り病だったかどうかわかったもんじゃないからな」

今度こそなにか言い返してくるかと思ったが、カズナはカップを持ち上げて一口、二口と飲んだ。ロイヤルドルトンのカップがそっとソーサーに戻される。すると鷹倉は、カップに残った中身を、テーブルに活《い》けられていた花瓶の上からそっくりぶちまけた。

人差し指に引っかけたカップをぶらぶらさせながら、絶句しているカズナを眺める。

「バケモノが口をつけたものを飲める人間がいると思うか？」

「……」

膝のナプキンを丸めて立ち上がりかけた鷹倉の前を、すっとカズナが塞いだ。

「……鷹倉。謝ってください」

「なんだと？　もう一度云ってみろ」

「何度でも。鷹倉は、鷹倉の料理人やメイドに謝罪すべきです」

虚を衝《つ》かれて言葉に詰まった鷹倉を、カズナは、射るようにまっすぐに見つめた。

「わたしのことが気に入らないなら、それでも構いません。でも鷹倉のためにコーヒーを淹れた人や、テーブルにお花を飾った人のことをどうして考えないのです？　せっかく心をこめて用意したものをそんなふうにされて、どう思うでしょうか？　感謝したり、いい気持ちがすると思いますか？　この花だって……」

ミニ薔薇の葉についたコーヒーの雫を、指先でそっと拭う。

「小さいけれど、庭師が丹精して育てたんです。……かわいそうです」

涙がこぼれ、頬にすーっと筋が伝った。いじらしく揺れている黄色の蕾は、花びらの重なりにまで液体が入り込んでしまっている。糊《のり》がきいた白いクロスには点々とコーヒーのしみ。さすがに鷹倉も気まずかった。騒ぎを聞きつけた料理人が厨房から顔を出しているのにも気づいていたが、しかし、カズナの見ている前で使用人に謝罪するのは、沽券《こけん》にかかわる。

「金を払ってるのはおれだ。この家の中でどうしようが、おれの勝手だ」

カズナを押し退けて席を立った。壁際に立っていた若いメイドが、鷹倉から気まずげに視線を逸《そ》らした。——事件は、その晩起きたのだ。


「……ストライキだと？」

「料理人とメイド二名、庭師の計四名が、旦那様に待遇の改善を訴えております。要求が通るまで、仕事を放棄すると。こちらが要求文でございます」

平常心を心がける老執事は、帰宅した主人に、常の抑制された無表情で報告した。

「ばかばかしい…。家のことはおまえに任せてあるんだ、つまらないことでおれを煩《わずら》わせるな。それより軽くなにか食べたい。午後ずっと忙しくて夕食を食いそびれた」

「あいにく、米が炊けておりません」

「……」

ネクタイをほどきかけていた鷹倉は、大きく舌打ちし、ワープロで作った文書を引ったくった。

「なにが不満だ、給料はたっぷり出してるぞ。要求は生理休暇か？　ボーナスの増額かっ？」

「いいえ、旦那様。訴えておりますのは、カズナの待遇でございます」


「あたしたち、旦那様の仕打ちはあんまりだと思ってるんです」

「小さい頃、旦那様が苦労されたことは執事さんや吉野さんから聞いてます。だから、初めはちょっといい気味だって思ってました。……でも……」

「いくらなんでも朝の四時から休憩もなく働かせるなんて、少しやりすぎじゃないでしょうか？

旦那様のお気持ちもわからなくはないですけど……でも、普通じゃありません」

「そうです、かわいそうです。それに、そんなに悪い人には思えないです。愛人だったのだって、仕方がなかったんじゃないですか？　宝石を食べなきゃ死んでしまうんですから、お金持ちの人に依存して生きるしかないんですし……」

「それだけか？」

口々に云いたいことを並べ立てる若いメイドに、鷹倉は落ち着いて質《ただ》した。

「今朝まではずいぶん態度が違うな。急に言い出したのは、他に理由があるんじゃないのか？」

すると、二人は顔を見合わせていたが、

「……実家の父が、事故に遭ったんです」

右側の、髪の長いのが云った。

「幸いムチウチですんだんですけど、父がいうには、急にハンドルがきかなくなってガードレールに突っ込んだって…。父は免許を取ってから二十五年無事故無違反の、慎重な人なんです。車だって車検から返ってきたばかりでした、スピードも守ってた、居眠りもしてないのに、まるで、なにかに操られてるみたいだったって……」

「……うちは……夫が、突然リストラされて……」

「魔女に悪いことをすると、罰《ばち》が当たるっていうじゃないですか」

もういい、と鷹倉は呆れ果ててこめかみに手を当てた。事故は起こるときには起こるものだし、リストラは本人の資質と運の問題だ。あまりにもばかばかしい。

「で、おまえは？　実家の息子がリストラにあったのか、それとも事故か？」

頭痛を感じながら、二人の横に黙って立っている料理人に質すと、彼は、そうじゃありませんと静かに首を振った。そして、こう云ったのだ。

「このお邸に来てから、あたしが厨房に入るのは、せいぜい週に二度です。旦那様は、たいてい夜は外で食事をすませて帰られるし、朝もせいぜいおにぎりかサンドイッチ。たまにきばって夕食を用意したって、ゴミ箱行きになることのほうが多かった。冷蔵庫は、いつでもお食事をお出しできるようにいつもいっぱいにしておかなきゃならないですが、ほとんど傷《いた》んで捨ててしまうんです。旦那様のお金で買わせてもらった材料ですから、そりゃあたしが文句をいう筋合いじゃありません。……けど、せっかく作ったものを残飯にしなきゃならないのは、料理人としてたまらん気持ちになります。……今朝カズナさんが旦那様に云った言葉。あたしはあれを聞いて、本当に、涙が出そうになったんです」

訥々《とつとつ》と語るこの料理人もまた、昔鷹倉の邸にいた男だ。何時に客を連れて帰宅しても、厭な顔ひとつせず階下の自宅から駆けつけて腕を奮ってくれる。その男の本音を知り、鷹倉の胸は痛んだが、次の一言を聞いて、またしても謝罪の機会を逃してしまった。

「あのひとは、人間じゃないかもしれませんが、ひとの気持ちがわかる方です。食べ物に毒を入れたりするようなひとじゃない。いつまでもこんなことをなさっていたら、旦那様だっていつ罰が当たるか——それに、亡くなられた奥様や妹様だって、こんなことを望んでらっしゃるかどうか——」

拳で思い切りテーブルを叩いた。三人がびくりっと跳び上がる。空気が電気を流したようにびりびりと緊張した。

「……くだらん迷信を並べ立てた以上は、当然馘《くび》は覚悟してるんだろうな？　取り消すなら今のうちだぞ」

三人は、主人の鬼のような形相《ぎょうそう》を前に顔を見合わせたが、取り消すと云い出す者はなかった。

「旦那様が聞き入れて下さらないんでしたら、それも仕方ありません。けど、カズナさんをここに置いてっちまうわけにいきませんから、……その時は、新聞やテレビに、旦那様が魔女を捕まえたことを発表させてもらうつもりです」

いまは憐憫《れんびん》に浸《ひた》っているだけで、そのうち目が醒める。鷹倉はそう高を括っていたが、思った以上に彼らの抵抗は手強く、日常生活は日に日に破綻《はたん》しはじめた。

たまたまメイド頭が風邪をこじらせて休んでいるのもいけなかった。食事は外ですませるとしても、洗濯物は溜まる一方。下着からタオルまでクリーニングに出したものの、家のなかがあまりにきちんと片付いているためにタオルやリネン類のありかがわからず、昨日脱衣籠に放り込んだタオルでまた顔を拭くはめになり、ビールを飲もうとしてやっとビールグラスを探し当てたら、今度は栓抜きが見つからない。流しにはすぐに缶ビールや缶コーヒーの空き缶の山が築かれていった。

老執事は、徹底して他人のテリトリーには手を出さないポリシーなので、クリーニング店の手配はしても汚れ物の袋詰めはしない。煙草の補充はするが、灰皿は片付けてくれない。書斎やバスルームはたちまち独身男のアパートのようになり、廊下や階段は綿ぼこりが舞った。

使用人たちは毎日ひとりずつ出勤し、自分たちの目が届かないうちに、カズナがさらに虐待《ぎゃくたい》されないよう見張っていた。

当のカズナだけが、ひとり呑気《のんき》だ。見張り役のメイドと楽しそうにおしゃべりしながら窓拭きを続け、鷹倉とすれ違うと、無邪気にその日の天気なんかを話しかけてくる。鷹倉と使用人の自分を巡っての攻防など、まったく気にもかけていない。頭に花が咲いたような、こんなやつのために昔も今も生活が乱されっぱなしだと思うと、ストレスが溜まる一方だった。

おまけに、目をかけていた部下が、下手をすれば八年越しのプロジェクトが無に帰すほどの大失態をやらかした。辛くも事なきを得たが、辞表を用意しておけと怒鳴りつけて帰宅した。

とにかく苛々することばかりだ。

「くそったれ――どいつもこいつもっ」

厨房を漁《あさ》り、固くなった一昨日のパンとコンビーフの缶詰を見つける。ワインは、これだけは上等なのを選んでリビングに運び、明りもつけずにどかっと腰かける。満月だ。窓から入る青白い月光は、ワインのラベルが読めるほど明るい。

英国製のあつらえの背広で、三十人は入れる広いリビングで、数百万するイタリア製の本革のソファで、なぜこの粗末な食事だ。悪態をつきながらコンビーフに齧《かじ》り付いた鷹倉は、ふとなにかの気配を感じて横を向き、うわっと叫びそうになるほど驚いた。

右隣――コの字型のソファのコーナーに、月光に照らされて、まるで息をしていない置物か人形のように、カズナがひっそり静かに座っていたのだ。

「……そこでなにしてる」

鷹倉は、飛び上がるほど驚いたのを取り繕うように、怒った声で質したが、語尾がうわずってしまった。まだ心臓がどきどきいっている。

「なんだ。なにか用か」

「……どうやら、ずいぶん、生活に不自由をしているようだな」

カズナは粗末な食事の中身を見て云った。鷹倉はむかっとして、缶詰をむしゃむしゃと頬ばる。

「なんだ。笑いにきたつもりか」

「いいや。今夜は、鷹倉と、取引きがしたくて、帰りを待っていたのだ」

「取り引き……？」

と怪訝に顔を上げ、またどきっとした。美貌を仄青《ほのあお》く濡らす月光。薄いベールをかけたように、カズナの輪郭をぼうっとけぶらせ、縁取っている。

月の魔法なのか、鷹倉でさえ思わず見とれてしまいそうなほどの美しさなのだ。そして、それ以上に鷹倉の目を釘付けにしたのは、昼間脚立で居眠りをしているあのカズナとはまるで別人のような、内側から滲《にじ》み出る知性の輝きだった。

「条件次第では、わたしがメイドたちを説得してもいい」

カズナは、穏やかな、それでいて強固な意志を感じさせる眼差しで、鷹倉を見つめ、静かに云った。

「わかっていると思うが、彼らは言い伝えを恐れているだけで、けして鷹倉に逆らおうとしているわけではないんだ。迷信に振り回されない人間には理解しがたいかもしれないが——世間では、実際のところ、鷹倉のような人間のほうが少数だ。だが信じようがなかろうが、そんなことはいい。わたしが本当に伝説の化け物かどうかもこの際関係ない。だがマスコミに、わたしが監禁され虐待されていると訴えたら、喜ばしい事態にはならないはずだ。著《いちじる》しいイメージダウンだし、それにわたしたちの信奉者はアジアよりも欧州に多い。新聞で鷹倉グループのEU進出の記事を読んだが、わたしのことが明らかになれば、事業になんらかの障《さわ》りがあるだろう。そこで……」

「——ち——ちょっと、待てっ」

カズナの唇から繰り出される言葉に呆気《あっけ》に取られていた鷹倉は、コンビーフのかけらで噎《む》せながら遮った。

「まさか——おまえ…今まで、アホのふりをしていたっていうんじゃないだろうな……？」

カズナは、口端でしれっと笑った。

「長寿でこの容姿で、そのうえ賢《さか》しいのでは、いらぬ反感を買う。少々オツムが足りないくらいのほうが、特に女性には好かれるし、警戒されずにすむ。謀《はかりごと》をうっかり耳にしてしまっても、あの間抜けになら聞かれても問題はない、捨て置けと思わせておけば、謀殺される心配もない。権力者の間を長く渡ってきた者は、これくらいの処世術はわきまえているものだ」

「……待て……、じゃあ……字が読めないっていうのも――」

「もちろん方便だ。侯爵家の子女と一緒に教師についていたので、一通りの教養は身に付けている。だが人間というのは、飼い犬に芸は仕込んでも、自分の飼い犬が自分より知能が上なのは面白くないだろう？　だから日頃は伏せることにしているんだ」

「……」

「それに、教養といったってたかが知れている。読み書きできるのはラテン語、英、仏……それにドイツ語だけだ。漢字はあまり得意じゃない……新聞が読める程度だ」

唖然《あぜん》としている鷹倉に、カズナは静かに話を続けた。

「わたしの要求は、約束の一億だ。それさえ支払ってくれれば、使用人たちはわたしが説得し、すべて水に流そう。鷹倉にとってそれほど大金だとは思えない。悪い取引きではないと思うが？」

「……」

「……鷹倉？　どうした？」

「……は……」

「……鷹倉……？」

「は――ははは！」

突然声を立てて笑い出した鷹倉に、カズナは、化け物でも見るような目付きだ。だが哄笑《こうしょう》は止まらなかった。

なるほど、そうか——そうだったか。そういうことか！

ワインを一息に飲み干し、グラスの底をぶつけるようにテーブルに置いた。ヒビが入ったような音がした。

「なるほどな」

「…………」

「わかったよ。よくわかった。——なるほどな。これでやっと腑《ふ》に落ちた……」

え？　と、カズナの眉間が怪訝そうに曇る。鷹倉は、半笑いのまま、ゆらりと面《おもて》を上げた。

「どうして親父が、おまえなんかを愛人にしたのか、どうしても理解できなかったが……これで納得だ。そのしたたかさがあれば、男を骨抜きにして財産をむしり取るくらい、わけないよなあ？」

「……親、父……？」

「桜川」

地獄から聞こえてくるような声音。

「忘れたとは云わせん。おまえが自殺に追い込んだ、あの桜川は、おれの実の父だ」

その名を聞いた途端、カズナの顔から、すーっと血の気が引いていった

第四章

次の瞬間、猫のような身のこなしで、カズナは身を翻した。反射的に伸ばした鷹倉《たかくら》の手をすり抜け、廊下へ走り出る。階段のところまで来たが、玄関の前に執事がいるのを見て、ハッと足を止める。だがその後ろには、鷹倉が立っていた。

執事を突破して玄関を破って出るべきか、それとも別の逃走経路を探すべきか、カズナは一瞬迷った。その一瞬を、鷹倉は逃さなかった。

「いや……いやだ――来るなっ！」

カズナは闇雲に腕を振り回した。なぜそこまで、と思うほどの過剰な反応に戸惑ったが、その手が頬にぶつかったことで、カッとなった鷹倉は、疑問を後回しにしてしまった。それに、逃げる獲物を追うのは男の狩猟本能でもある。肩に担ぎあげられたカズナは首をひっかき、耳に噛みついたが、怒りに油を注いだだけだった。

「旦那様？　いったいどうされました、なにを――」

主人とカズナの小競り合い《こぜりあい》に執事が驚いて駆け寄ろうとしたが、鷹倉は来るなと一喝し、廊下を戻った。

カズナに与えた納戸《なんど》の扉を開けると、薄い布団しかなかったはずの場所に、見覚えのないマットレスが入っていた。誰かがカズナのために調達してきたのだろう。清潔なシーツと羽毛布団を鷹倉は苦々しげに見下ろし、肩のカズナを荒々しく放り出した。

カズナはひどく怯《おび》えていた。鷹倉が一歩踏み出すと、びくっとしてシーツをずりあがる。狭い部屋だ。すぐ背中が壁に付き、逃げ場をなくした。

片腕を伸ばし、その肩越しにどんっ、とわざと大きな音を立てて壁に手を付くと、面白いように震え上がる。しかし、怯えながらも双眸《そうぼう》は、青白い炎のようにゆらめいて鷹倉を見据え続け、体の震えを止めようと、片手で自分の片肘をきつく摑んでいた。

「……親父を、どうやって誘った？」

青ざめて強張《こわば》った頬を、手の甲ですっと一撫でする。練《ね》り絹《ぎぬ》のようにひんやりとした手触り。おぞましげに逸らした頤《おとがい》を摑み、正面を向けさせる。

「親父は男とやる趣味はなかった。どうやってその気にさせたのか、やってみせろよ。何人の男を、その顔でたらし込んだんだ？」

「……ケダモノ……」

青白い火を噴くような眼差し。

「云うことをきかなければ、そうやっていつも腕づく、力づくか。おまえたちは下等なケダモノ……いいや、それ以下だ」

鷹倉はぐっと指に力を込めた。カズナの頤が歪《ゆが》む。

「それはそれは。上等な化け物は罵《のの》り方もお上品だ。なるほど、何百年も人間に寄生して生きてきた化け物にとってはおれたち人間なんて下等なクズだろうさ。――で、そいつは、おまえにドレスを着せたままやるのが好きな変態のケダモノだったのか？」

そいつ、と窓辺に置かれた侯爵の写真を指されたのを見て、カズナは頬を紅潮させ、にらみつけてきた。

「取り消しなさい……あの人は、おまえや、おまえの父親とは違う。侮辱《ぶじょく》することは許さないっ」

ますます頭に血が上った。そうか。下等なケダモノどものなかで、侯爵様だけが別格だというわけか。

ネクタイをほどき、引き抜いた。

カズナの眉が曇る。鷹倉の中になにか、いままでとは桁の違う獰猛《どうもう》な気配を察して逃げようとした細い両腕を摑み、背中に捩《ねじ》りあげるとネクタイで固く縛り上げた。そしてそのまま仰向けに転がすと、シャツのボタンを引きちぎった。

縛られたカズナの抵抗などものの数に入らなかった。下肢を剥《む》き、ほっそりとした腰をあらわにする。薄茶色の少年のように柔らかな叢《くさむら》。縮こまっていた性器を片手で擦り上げてやる。カズナは驚いた声を上げて体を起こそうとしたが、ボトムが絡まった両脚を鷹倉が膝で踏んでしまうと、動けるのは首と指先だけになってしまった。

鷹倉はゆっくりと手を動かして、初めて触れる感触を確かめた。手応えも感受性も、人間のそれと変わりはないらしい。皮膚の薄い敏感なあたりをしつこくくすぐってやると、おもしろいほど素直にぴくぴくと反応する。カズナは羞恥《しゅうち》と屈辱《くつじょく》に真っ赤になった顔をシーツに埋め、やがて声を押し殺して鳴きはじめた。鷹倉の手の中のものは主人を裏切って、従順に快楽に委《ゆだ》ねはじめている。

先端の小さな唇が透明な雫で潤み、つぅーとしたたり落ちた。指についたのを舐めてみると、特に味はない。だが、薄目を開けてそれを見てしまったカズナの、そのときの驚いたような、いたたまれないような羞《は》じらいの表情が、鷹倉を止めらない場所まで一気に流してしまった。

シーツに俯せにさせ、尻を高くあげさせ、谷間に触れた。これからなにをされるか察してカズナが腰をよじったが、すでにスラックスの前立から取り出した灼熱を宛《あ》てがおうとしていた鷹倉には、そそる動きにしかならなかった。背中からのしかかり、性急に繋がろうとした。

「や……い――っ、うぅッ…！」

ひき攣《つ》った痛みに、カズナが呻《うめ》いた。鷹倉はどきっとして腰を引いた。潤滑剤が必要なのだ。枕元を探ると、ハンドクリームが出てきた。たっぷりと手に出し、伸ばす。窄《すぼ》まりに触れると、カズナは狼狽《うろた》えたような悲鳴をあげたが、かまわず指を入れて奥まで丁寧に塗り込めていった。

ぬちゅっ…ぬちゅっ…と温まったクリームが、淫猥《いんわい》な音を立てる。しばらく続けていると、さらりと乾いていた真珠色の膚《はだ》が、しっとりと汗ばみはじめた。

「準備ができたと思ったら云え。痛い思いをするのは自分だからな。緩んだら緩んだと云うんだ」

「わ——わからな、こんなのっ……ア、アっ！」

「わからないはずが……」

ふっと、鷹倉は動きを止めた。カズナのうなじからよじった背中にかけてのラインも、小さな耳も、上気し桜色に染まっている。だが官能の味わいを知りつくした、艶のようなものがこの体からは感じられないのだ。——まさか、初めてだということがあるだろうか？　まさか……。

「いけない……。こんな…のは、人間のすることじゃ、ない…と、侯爵がっ……！」

かすれた、悲しげな声の叫び。脳が沸騰《ふっとう》したかと思った。腹の底からふつふつと煮え滾《たぎ》るなにかをたたき込むように、鷹倉は、カズナと繋がった。呻き、ずり上がろうとする体を腰骨を摑んで引き戻し、すべてを含ませる。

「ああ、そうだ。おれはおまえの侯爵様と違って、下等なケダモノの下の下だからな。しょせん、欲望と煩悩《ぼんのう》の塊だ。欲しいと思ったら、どんな手段を使おうが手に入れてやる。必ずだ」

「い、あぁっ……だ、めだっ……だめ…侯爵がっ……」

「おれに抱かれているときに、他の男のことを考えるな！」

泣き腫《は》らしたような目が、驚いたように見開かれ、鷹倉を見つめた。まつ毛に絡んだ涙の粒。それはなぜか、鷹倉の胸を激しく疼《うず》かせた。

「……考えていいのはおれのことだけだ。それ以外のことは追い出せ。……いいな？」

嗚咽《おえつ》をなだめるように、後ろから、柔らかく耳殻を咬《か》んだ。片手をシーツとの間に滑り込ませ、

薄い胸をまさぐる。もっと快楽を引き出すために。他の男の存在をこの体から追い出し、もっとぐちゃぐちゃに、どろどろに乱れさせるために。

「あうッ……——」

緩く、速く、力強く後ろをこね回しながら、小さな乳首を摘み、先を引っ張り出してネチネチと爪でこねてやると、鋭い反応が腰に走った。一度力を緩め、不意打ちにキュッとつねると、後ろで鷹倉をキュッと締め付けてくる。やめてと頭を振るくせに、ゼリーのようにぬめった熱い内部を催促するように絡みつかせてくる。

腰を、外れるぎりぎりまでゆっくりと引いていくと、背中がせつなげによじれ、窄まりかけたところを貫くと、一本の線のように苦しげにピンと突っ張らせた。逃れようとして悶《もだ》える姿が、かえって征服欲をそそった。

技巧を尽くした鷹倉の愛撫に、やがてカズナは屈伏した。雄を刺激するような陶酔した声は、一度堰《せき》を切って漏れはじめると止まらなかった。立ちのぼる甘い汗のにおい。——初めてのわけがない。たくましい胸板でカズナの背中を揉み潰すようにのしかかる。もし父と寝ていないとしたら、侯爵に操を立ててだ。

「あっ……あうっ……うんんっ……」

シーツの上に、枕もとの写真立てが倒れていた。わざと目の前にかざしてやると、カズナは眦《まなじり》に涙を滲《にじ》ませ、恨むように首を振った。締付けがいっそうきつくなり、鷹倉はカズナのシャツの襟をぐっと前歯で噛んで射精をこらえ、さらに揺すり立てた。好きな男の前でカズナをいかせてやることに、残酷な悦びを感じながら。

「だめ、やっ、やっ……あぁ…あぁっ」

声が途切れ、ぶるッ…と背筋に震えが駆け抜けて、シーツが濡れた。鷹倉はまだ達さず、荒い息遣いでぐったりと弛緩《しかん》したカズナを太い楔で繋ぎとめたまま、激しい動きで苛《さいな》み続けた。

やっと我に返ったのは、事の後、失神してしまったカズナを見たときだった。ひどい自己嫌悪で、翌日はなにをしても手につかず、会議の間もぼうっとして部下に心配されてしまったほどだった。

ばかな真似をした……。事業では悪どい手を使ったこともある。だが、あんなばかはしたことがなかった。

事のあとも、鷹倉はおろおろするばかりだった。湯でタオルを濡らし、身体の汚れを拭いてやり、傷の手当をして寝かせてやったが、翌朝カズナは鷹倉が出勤する時刻になっても起きてこなかった。具合が悪いのか、熱が出たのではないかと納戸の前をしばらくうろうろしたものの、結局声をかける勇気がなく、新しい着替えを部屋の前にそっと置いてくることしかできなかった。

かえすがえすも愚かだった——あんな真似をして、いったいなんになるっていうのか。胸がざらつくような後味の悪さ。——そして、尚悪いのは、昨夜の甘美な官能の味が、まだ体の奥底に燻《くすぶ》っていることだ……。

合わせる顔がなかった。といって、謝罪もしないのは卑怯《ひきょう》だ。覚悟を決めて帰宅すると、出会い頭にカズナと廊下でばったり会ってしまった。

鷹倉は美術館の彫像のように硬直したが、カズナは、「お帰りなさい、鷹倉」といつものようににっこりと云って、何事もなかったかのようにすたすたと通りすぎていった。そのあまりの自然さに茫然としてしまい、はっとして振り向いたときには、とうに姿は消えていた。

こうなったら、アルコールの勢いを借りるしかない。リビングに行き、今日からやっと職場に戻ってきたメイド頭にウイスキーと氷を頼んだ。すると、彼女はつっけんどんに「ご自分でなさいませ」と云い放った。

「わたくしはしばらくお暇をいただきます」

「どうした。まだ風邪がよくならないのか?」

「いいえ。理由はご自分の胸に手を当ててごらんなさいませ」

軽蔑《けいべつ》の混ざった冷え冷えとした眼差しで、主人をにらみつける。背中に、じわっ…と冷汗が噴き出した。

「………」

「情けのうございます。いくら積もり積もった恨みがあるとはいえ、寝室に忍び込んで狼藉《ろうぜき》を働くなんて、とても紳士のなさることではありません」

「……カズナが……喋ったのか？」

「いいえ、あの子は一言も。ですが誰がゴミ箱を片付けたり、シーツを洗濯したと思ってらっしゃるんです？」

冷汗は脂汗に変わった。取りつく島もなく吉野《よしの》が背中を向けて立ち去ってしまうと、入れ替わりに、執事が書類を持ってやってきた。カズナが指定した銀行口座の名義、「安藤《あんどう》」についての調査報告が届いたのだ。鷹倉はその場で封を切って報告書に目を通した。

「どうせ架空名義だろうと思っていたんだが、実在しているのか…。カズナは半年前までこの一家の隣に住んでいたようだ。報告に二、三気になることがあるから、近いうちに訪ねてみよう」

難しい顔で呟《つぶや》く主人に、「さようで」と執事はうやうやしく頷き、去り際、小さく咳払いをしてとどめを刺した。

「ところで、カズナの部屋ですが、わたくしの裁量で客間に移させていただきました。あそこは、扉に鍵がかかりますので」

車窓に映る黒々した枯れ枝は、桜並木だ。今はまだ、小さな蕾すらついていない。黒く陰鬱《いんうつ》に、灰色の冬空を切り取っている。

並木が切れた辺りで車を降りた鷹倉は、運転手にしばらく時間を潰してくるよう指示し、細い路地へと入っていった。

下水が鼻をつく異臭を放っている。川べりに近いこの一帯は、裕福とは言い難い層が住む町だった。

目的のアパートは、緑色の粗末な建物だった。赤錆だらけの狭く急な階段をぎしぎしいわせて上る。鷹倉が昔住んでいたのも、ここと似たようなものだった。施設を出て遠縁に引き取られ、妹が死に、それからもっとして大学に入ってからのことだ。毎日食うや食わずで、いつか必ずまた昔のような大邸宅に住んでやると胸に誓っていた。今のマンションは、破産した際に手放してしまった土地を再び買い取って建てたのだ。

どん詰まりに「安藤」と黄ばんだプレートを貼ったベニヤの扉があった。何度かノックしたが、応答はない。仕方なく、名刺の裏に用件を書いて扉に挟んだ。

すると、階段を戻りかけたところで、キイ…と扉が軋《きし》む音をたてた。

「……どなたですか?」

振り向いた鷹倉は、眉をひそめた。薄い扉の隙間からこわごわと覗いていたのは、痩せっぽちの女の子だった。

「ええ、カズナさんのことならよく知っていますよ。以前はこの隣に住んでいたんですけれどねえ……雪の日からずっと姿が見えないって、子供も心配していたんです……あ、どうぞ、お茶、お上がりになってください。なにもありませんですけれど……」

夕方、パートを終えて戻ってきた少女の母は、カズナについて、知っていることを語ってくれた。アパートの空き部屋に、勝手に住み着いていた「きれいなお兄ちゃん」。大家に追い出されてしまったが、子供たちはよくなついており、公園の段ボールハウスにもよく遊びにいっていた。

「カズナさん、身寄りもなくて、仕事もしていなかったようですし、寝込むことも多くて、こんなに寒さが続いてどうしているか心配していたんです。でもそうだったんですか……カズナさん、そちらに。あやの、かんな、よかったね。鉄のお兄ちゃん、このおじさんのおうちで、元気にしてるって」

「ほんとうっ？」

やせっぽちの幼稚園の娘、そして六つになるその姉が、わあっとはしゃいだ。姉のほうは、風邪でもひいたのか、粗末な布団に寝かされていた。枕もとの塗盆に、吸入器や、数種類の薬の束がおいてある。

「……鉄のお兄ちゃん、というのは？」

「あぁ、ふふふ、この子たちカズナさんをそう呼んでるんですよ。……そうだ。二人とも、鉄のお兄ちゃんにお手紙書こうか」

うんっ、と姉妹は喜んで、電話の横においてあるメモ帳に、チビたクレヨンで絵を描きはじめた。横になっていた姉も、少し苦しそうにしながら、電話帳を下敷きにして一生懸命絵を描いている。

心臓を患《わずら》って、少し前からとうとう寝たきりになってしまったのだと、母親は力のない声で云った。白髪まじりの、ほつれた鬢《びん》。まだ若いのだろうに、青黒い隈《くま》のできた目もとは疲れ、小皺が目立った。綿のはみ出した座布団を裏返して勧めてくれた手は、あかぎれがひどく、老人のように荒れていた。

「この子、普通の六才より体が小さいでしょう？　手術が必要なんですけれど、夫が先立ってからは生活にも苦しい有様で……いえ、手術自体はそれほど難しくないそうなんですけれどね。でも、この子がいつ病院に担ぎ込まれるかわからないから、普通の仕事には就けないんです。三つ四つパートをかけ持ちしたところで、たかが知れてますしね……」

「おじちゃん、これね、お手紙っ！」

妹が、なにかの動物の形に折りたたんだメモ用紙を、元気よく鷹倉に持ってきた。よく見れば、メモは広告の裏かなにかの端紙を切ったものだった。

「あのね、これ、鉄のお兄ちゃんに。あやねーちゃんと、かんなと、またお砂で遊んでねって、いってね?」

だるそうにまた枕に頭をつけてしまった姉のほうも、にっこりした。陽に当たったこともないような青白い顔。その姿は、幼い妹の姿に重なった。


「亡くなった夫は、近所で板金《ばんきん》工場を経営していたそうだ。カズナはそこで理由をつけては削りカスや廃材を貰っていた。……多分、食ってたんだろう。鉄や銅は、味は悪いが、空腹は満たせると聞いたことがある」

「さようで…。カズナが要求した一億円は、ではその女の子の治療費に充《あ》てようと……?」

「そんなこと、おれに聞くな」

荒れる主人の気持ちを察し、執事は黙って一礼し、書斎を出ていった。ひとりになると、鷹倉は深い溜息をついた。手の中に、幼い姉妹に託された手紙があった。

望んでいたのは、こんなことではなかった。今更、あの化け物に、優しさだの情けだの恩義だのがあると、どうして受け入れられるだろう? だが、なにか裏があるのではないかと勘ぐっていくら調べても、一家の窮地を救ったところでカズナに得はない。それどころか一家は、一億のことも、カズナのしようとしたことを知らなかったのだ。

カズナの態度は、あの後もまったく変化がなかった。朝から晩までニコニコと邸中の窓を拭いて回り、使用人たちと仲良くお喋りやゲームをし、鷹倉とすれ違えば無邪気に笑いかけてさえくる。

数日経つうちに、次第に、煩悶《はんもん》している自分がばかばかしく思えてきた。そして、苛立ちはじめた。自分だけがカズナの存在に振り回されている。あいつは鷹倉のことなど眼中にないのに、自分は現在も昔も一日中、カズナのことばかり考えているじゃないか。

不愉快だった。鷹倉は、カズナを避け、邸に寄りつかなくなった。社の近くにホテルを借り、帰宅しても書斎で一、二時間仮眠を取ってまた出勤する。いつの間にか使用人たちは職務に戻っていたが、主人のいない邸の厨房《ちゅうぼう》もリビングも、火が入ることはめったになくなっていった。

問題のエアメールが届いたのは、そんな頃だった。

「……これは……。旦那様……!」

紋章入りの便箋《びんせん》を開いた執事が、日頃めったに感情を出さない顔に動揺を浮かべたのが、目をつぶっていてもはっきりわかった。書斎の仮眠用のソファに横になったまま、鷹倉は、口端で笑った。

「皮肉なもんだな。見つからないときは、あれほど八方手を尽くしてもかすりもしなかったくせに、今頃になってバタバタと手懸かりが集まってきやがる……」

新聞社から転送されてきたエアメールは、元侯爵令嬢を名乗る女性からだった。

半世紀以上前の革命で爵位は失ったが、からくも一家は処刑前に亡命に成功し、現在は欧州の小国に身を寄せている。自分は少女時代、城でカズナという美しい魔物と共に暮らしていた。当時のことを知る者も少なくなってしまい、寂しい日々である。ずっと彼の消息が気にかかっている。あなたならなにかご存じないだろうか——と。丁寧な、美しい筆致でしたためてあった。

「現地に人をやって調べさせたが、身元は間違いない。カズナの写真に写っている侯爵の直系だ」

そして驚くべきは、それだけではなかった。なんと彼女の元には、魔女がいる——というのだ。叶うことならぜひ二人を会わせてやりたいと願っているとも、手紙にはあった。

「どうなさるので。やはり引き合わせて、カズナに子供を……？」

「……わからん……」

鷹倉は寝そべったまま、両手でこめかみを強く揉んだ。寝不足のせいか、目眩《めまい》がした。

「おれにはあいつがわからない…。あの母娘のことも、なぜあんな裏ぶれたアパートに住んでたのかも。——親父と別れた後、カズナはいったいどういう経緯をたどって生きてきたんだ？　いくらでも贅沢《ぜいたく》ができるのに、なんでわざわざ鉄の削りカスなんか食ってた？　わからんことだらけだ……っ」

「会わせるも復讐、会わせぬのも復讐でございます。旦那様がお悩みになることはございません」

執事は、主人の体に毛布をかけ、部屋の明りを少し落とした。

「お顔の色が……。土屋《つちや》先生に往診をお願いしてまいります。少しお休みになられたほうがよろしゅうございますよ」

鷹倉は長い息をついた。

「……手紙は抽斗に入れて、鍵をかけておけ。カズナにはこのことは報《しら》せるな。……誰にもだ」


そのカズナがふらっと書斎にやってきたのは、土屋が往診鞄を提《さ》げて出ていった直後だった。

鷹倉は点滴を受けたあとで、ワイシャツの袖を捲《まく》ったまま、けだるくソファに座っていた。

まともに顔を合わせるのは久しぶりだった。鷹倉が左腕を押さえていた血の滲《にじ》んだ脱脂綿をゴミ箱に捨てるのを見て、カズナは自分が注射をされたように眉をひそめた。

「……どこか、体の具合が悪いのか？」

土屋の診《み》たてでは過労と風邪で軽い脱水症状を起こしていただけだったが、説明するのもかったるく、適当に頷いて処方してもらった薬を口にほうり込む。カズナは所在なげにそばで見ていた。どこか不安そうな眼差しを無視して、鷹倉は机に着き、書類を開いた。

「そういえば、昔は魔女の血肉を食べると若返りや長寿に効くといわれてたらしいな。実際のところどうなんだ？　効果は？」

カズナの頬がにわかに強張った。だがその理由を、鷹倉はまたも深く考えなかった。

「そんな迷信、頼みにしていないんじゃなかったのか？」

「まあな。だが重病に罹《かか》れば悠長なことも云ってられなくなる」

「……そんなに悪いのか？」

「重病だ。おまえの顔を見たらもっと悪くなった」

と鷹倉は投げやりに云った。胸の中のもやもやを投げつけ、無性に傷つけてやりたくてたまらなかった。あとでまた悔いるとわかっているのに。

ここしばらく、仕事に没頭しているつもりでも、カズナのことを一度も考えずにすんだ日はなかった。顔を見なければ見ないで気にかかる、そばにいたらいたで苛々する——こんなに厄介な存在はない。頭から追い出せたらどんなにすっきりするか。

「だったら、少しは養生したらどうだ。この頃そのソファで仮眠を取るだけで、食事もまともに摂《と》っていないんだろう？　体を休めないと……皆も、鷹倉は働きすぎだと心配している」

「おまえらと違って、人間は長生きしてもせいぜい百年前後だ。頭と体が自由にきく時間は限られてる。だから無理もする」

「……」

「——化け物。おまえに、死ってものがわかるか？」

鷹倉は、冷え冷えとした声で云った。

「おれの親父は、おまえに入れあげて財産を食いつぶし、病床の母を見舞いもせず、破産した挙句自殺した。両親が亡くなった後おれたちにはなにも残されていなかった。家も、金も、母の形見になるはずだった婚約指輪ひとつ。妹とおれは施設に入ったが、運よく遠縁が見つかって引き取られることになった。手広く事業をやっている資産家だったが、おれたちは慈善事業のアピールに利用されただけだった。メシもろくに食わせてもらえず、学校に行く以外は家事でこき使われた。家族全員の靴を磨き、窓を拭き、顔が映るくらいぴかぴかになるまで廊下を磨いて、やっと朝飯を食わせてもらえるんだ」

——雑巾ひとつ満足にかけられないの？　掃除が終わるまで食事はさせませんからね。

——こいつ、うちのお情けで置いてやってるんだ。だからおれの云うことは犬みたいになんでも聞くんだぜ。……ほら、ボールとってこいよ！　早く！

——おまえ、おれよりテストでいい点とるなんて生意気なんだよ。いいか皆、絶対こいつに話しかけるなよ。おれがいいって云うまで、一言も口をきくな！

「劣悪な環境で、もともと体が弱かった妹はすぐに病気になった。どんどん痩《や》せていって、布団から起き上がれなくなった。おれは学校を休んで看病しようとしたが、休みが続くと外聞《がいぶん》が悪いといって許してもらえなかった。給食のパンやプリンをよく持ち帰ったよ。腹を空かせて寝てる妹になにか食べさせてやりたくて。おれは九つで、なんの力もなく、弱っていく妹に薬を買ってやることすらできなかった。……ある日学校から帰ると、妹は布団で寝ていた。おれは給食のプリンを枕もとにおいて、いつもの雑用をして、夕メシを食い、疲れて寝込んでしまった。翌朝、妹は事切れていた。前の日、おれが学校に行っている間に、もう死んでいたんだ。真冬の、ストーブもない、息も凍りそうな部屋の中で。薄い毛布にくるまって。たったひとりで」

――うちに来てから病気になるなんてねえ…。なんて縁起の悪い。かわいそうだけど、これ以上治療代は出せませんよ。

――仕方あるまい。不景気でうちの経営も苦しくなってきているし、むだな金はかけられんよ。

――お兄さま…。

――お兄さま。おなかがすいた。それにとても寒いの。お父様は、いつ迎えに来てくれるの？ 寒くて、息が苦しいよ……。

「……あの日から、ずっと、おまえを捜していた」

……そうだ。おれは、忘れるわけにはいかない。たったひとりで死んでいった妹を。

「一日も頭から離れたことはなかった。昼も夜も。それだけを考えて生きてきた」

数えきれないほどの衣装や宝石と共に嫁いできた母が、最後には指輪さえ奪われ、惨《みじ》めに死んでいったのは誰のせいだったのか。

「迷信を否定しているのに、どうしておまえを探していたのかと聞いたな？」

鷹倉は、青褪《あおざ》めて立っているカズナの顎を、そっと撫でた。戦《おのの》くようにカズナが震えたのが、指先から伝わってきた。

「……おまえに、復讐するためだ」

間近で見合わせた瞳の中に、小さな妹の笑顔が揺らめき、ゆっくりと消えていった。


翌日の午後、カズナがいなくなったと執事から電話が入った時、鷹倉は本社で会議中だった。朝から降り続く雪が、三十二階の窓に当たって溶けていく。数時間前守衛がひとりで出かける姿を目撃したがまだ帰ってこないのだ、と心配する執事に、鷹倉は「捜さなくていい」と答え、電話を切った。

カズナは出ていったのだ。復讐すると宣言した以上、いずれそうなることは予測していた。そして、予測しながら放っておいた自分は、カズナがいなくなってくれることを心の奥底で望んでいたのかもしれなかった。

恨みが消えたわけではない。だが復讐といったって、なにができる？　なにをしたって効き目はない。ダイヤモンドを、ダイヤモンドでしか傷つけることができないように、人間には、カズナに引っかき傷すらつけることもできないのかもしれない。

こんなことなら、いっそ見つからずにいてくれたほうがよかった。何百年も生きる彼らにとって、父や鷹倉など、道端ですれ違った野良猫程度の存在でしかないのだと思い知らされるよりは——。

天候は回復の兆《きざ》しを見せず、夕方には吹雪になった。

都心では数十年ぶりのことだ。時折出動していく救急車のサイレンが地上から聞こえてくる。雪に慣れない人々が転んで怪我をすることがままある。交通機関はとうに麻痺し、会議室の面々も帰宅の足を心配して気もそぞろだ。

鷹倉はふと思い立って、秘書に電話をかけさせ、執事にカズナの荷物を確認させた。なくなっているのは上着だけで、写真立ては枕もとにあるという返事だった。おかしい。出ていくつもりなら、なにをおいてもあれだけは持っていくはずだ。

気になりはじめると、もう会議の内容など頭に入ってこない。二十分後には解散し、車に乗り込んでいた。

向かったのは川崎《かわさき》だった。渋滞と通行止めに途中何度も引っかかりながら、普段なら三十分の道を二時間かけて目的地にたどり着き、雪の中をしばらく歩き回った。だが段ボールハウスを建てていたとおぼしき公園には真っ白な雪が続くだけで、足跡すらなかった。

駅前のロータリーは、迎車と、タクシーに並ぶ人々が長い列を作っていた。だいぶ離れたところに車を停め、タイヤの熱で溶かされた茶色い雪の轍《わだち》をぐしゃぐしゃと踏みしめていく。高級なカシミアの黒いコートと、オーダーメイドの革靴を泥だらけにして歩いてくる長身の男に、すれ違う誰もが目を点にしていた。

ホームレスが溜まっていそうな細い地下通路にも、それらしき人影を見つけることはできなかった。そこではたと気づいた。考えてみれば、小銭も持っていないカズナがどうやってここまで来る？　おまけにこの大雪だ。捜すなら邸の付近だ。

まったく頭が回っていない自分を叱咤《しった》しながら、急いで車に戻る。もう一度、カズナが行きそうな場所を考え、テールランプの縦列をにらみながら、携帯電話で先日訪ねたアパートにかけてみた。しかしアウトだった。日は暮れかけ、雪足は緩んだものの渋滞はいっそう悪化している。こんな日にわざわざなにをしに外に出たのだろうか？　ある恐ろしい可能性に、ぞくっと背筋が震えた。

まさか――拉致《らち》。

ありえない話ではない。カズナの存在を知った誰かが、万が一、邪《よこし》まな考えに及んだとしたら……。

ハンドルを握る手の平に、じわっと冷たい汗が滲んだ。埒《らち》の明かない渋滞に、いっそ松濤《しょうとう》まで走って戻ろうと車を捨てかけた時だった。携帯が、自宅からの着信を報せた。

なんのことはない。カズナは土屋のところにいたのだ。

はじめは病院へ訪ねてきたのだが、傘もささず、何度も転んだのか雪と泥だらけだったので自宅へ案内したところ、土屋の御母堂や細君とすっかり気が合って話し込んでしまい、夕方、雪も激しくなってきたのでこちらにお泊めしますと細君が電話をかけてきて所在がわかったのだ。鷹倉は誰にも告げずに捜し回っていたので、連絡が行くのが遅れ、空回りしたのだった。

迎えに行くと、カズナは、細君が着せてくれた、女ものの白いロングコート姿で待っていた。一家は暇乞《いとまご》いをするカズナを引き止めたがり、迎えにきた鷹倉はすっかり恨みを買うはめになった。コートと靴はだめになるし、さんざんだ、とうんざりしたが、カズナのしれっとした顔を見ても、今日こそは憤慨する気力もなかった。

「来週、この日に人間ドックの予約を入れてあるからね。前の晩は九時以降、飲食は控えて」

見送りに出てきた土屋が、メモを渡してきた。

「人間ドック？　そんなもの頼んだ覚えは……」

「カズナさんに頼まれたんだよ」

訝《いぶか》る鷹倉に、土屋が耳打ちしてきた。

「彼は、君が重病なんじゃないのかと疑ってるようなんだ。魔物の生き血や肉を食べると若返るとか、寿命が延びるとか信じているようだが大変な誤解だ、主治医ならベッドに括《くく》り付けてでも治療を受けさせるべきだって説教されてしまった。ただの風邪と過労だって説明したんだけど、聞き入れてくれなくて参ったよ。それ、必ず来てくれよ？　精密検査を受けさせるってことでやっと納得してもらったんだから」

「カズナが……？」

驚いて、先に車に乗り込んだカズナの横顔を見遣《みや》った。視線が合いそうになり、急いで顔を逸らす。昨夜の一言を真に受けて、雪の中を病院まで歩いていったっていうのか――復讐すると云い放った男の体を心配して？

頭が混乱してきた。いったいどんな思考回路をしているのか、さっぱりわからない。

「……彼は、これまで、どれくらいの人と死に別れてきたんだろうか」

ぽつっと、医者が呟いた。白い息が風に流れていく。視線の先にカズナの横顔があった。

「ぼくも仕事柄、それこそ数えきれないほど臨終には立ち会ってきたし、この年齢なりに肉親や親しい人との別れも経験してきた。だけど、彼のしてきた経験とは比べものにならないんだろうな……。時々夜中に、妻の寝顔を見て、彼女に遺されたら辛いなあとしみじみ考えることがあるんだが、彼のように、どんな人も自分より先に死んでしまうことがわかっているとしたら、こんな辛い人生はないよね。どんなに好きで、大切な人も、必ず自分より先に逝《い》ってしまうんだ。……こんな切ない話はないよ」

医者は静かに深い息をつき、

「ところで、その靴どうしたの？」

と鷹倉の泥だらけの足もとを指さした。

「……なぜ逃げなかったんだ」

後部座席に座ったカズナは、バックミラー越しに平然と鷹倉を見つめ返してきた。

雪はすっかり止んでいた。アスファルトに溶け残ったシャーベットを、スタッドレスタイヤがしゃりしゃりと掻《か》く音が、のろのろとしか進まない車内にやけに大きく聞こえる。

「逃げる？　どうして？」

鷹倉は言葉に詰まった。

「どうして……って」

「今度の部屋は鍵もついているし、ベッドも柔らかくてよく眠れる。食事も三度出るし。とてもいい職場だ」

「……」

厭味《いやみ》なのか、天然なのか。——ともかく、鷹倉は深呼吸し、心から云った。

「この間のことだが——……すまなかった。謝ってすむ問題でないことは承知しているが……」

「謝ることはない。あれも鷹倉の云う復讐のうちなのだろう？　だがあいにく、わたしは人間のように繊細《せんさい》な感情は持ち合わせていない。だから、あれくらいのことで傷つけられると思わないことだな」

カズナは口端で薄く笑ってみせた。尊大で高慢で、以前ならかちんときたかもしれないが、どうしてかいまは、カズナが虚勢を張っているようにしか思えない。そしてもしかしたら、そういう云い方で鷹倉に赦《ゆる》しを与えているようにさえ。——だがそれはいくらなんでも身勝手な解釈だろう。赦されたいと思っている自分の——

「でも土屋はとてもいい人だ。お母様は社交ダンスが得意とかで、今度会に誘っていただいた。鷹倉も一緒にどうだ？」

「ばかも休み休み云え。おれがダンスなんか踊るように見えるか？」

「だったら覚えたほうがいい。ワルツくらい知らないと、公式の席で恥をかくぞ」

「おまえの侯爵様じゃあるまいし、そんな機会がそうそうあるわけないだろう」

カズナは黙り込んだ。自分でも言葉に険《けん》があったのがわかり、鷹倉は憂鬱《ゆううつ》になった。侯爵のことを考えると、どういうわけかむきになってしまう。

「……侯爵のことだが。あの人とは、鷹倉が想像しているような関係じゃない」

するとカズナが、平板《へいたん》な声で云った。

「侯爵が独身の時、ある美しい少年とベッドを共にするのを見て、……今から思うと顔から火が出そうだが、なんとなくうらやましく思って、わたしも同じように抱いてくださいとねだったことがあった。すると侯爵にこう諭《さと》された。「おまえのことはかわいいが、いくらかわいくとも、人間はペットやお人形とは愛の営みはしないのだよ」……と。以来ずっとそういうものだと思ってきたから、人間に特別な気持ちを持つことはなかった」

あの時、「そんなことをするのは人間じゃない」と叫んだのは……それでか。

「昔の話だ」とカズナは括ったが、ミラーに映った物憂げな眼差しは、心に負った傷がまだ癒《い》えずにいることを告げていた。そうか…と思った。百年以上も昔の、とうに死んでしまった男も、カズナのなかではまだ過去になってはいない。色褪せない、現在なのだ。

苦いものが胸に刺さった。拒絶されながらも今も大切に写真を飾っている男を、カズナはいったいどんな想いで送ったのか。この先、何度そんな思いをくり返しながら生きていくのか――

「……忘れろ」

え？　と、少しぼうっとしていたカズナは、夢から醒《さ》めたように鷹倉を見つめた。

「そんな男のことは忘れろ。おまえが迫って勃《た》たないようなインポ野郎のことなんかな」

「愛妾が三人、子供が五人もいたが？」

「……失恋なんて生きてれば誰でも経験するんだ。いつまでもぐじぐじと引きずるな」

カズナは笑い出した。

「失恋？　まさか。ちがうよ、鷹倉。そもそも恋なんてしていないんだから。ただわたしは、侯爵のそばにいると…とても心が安らいだんだ。ただそれだけで、小説に書いてあるように胸がときめいたり、どきどきしたりしなかった」

「………」

「鷹倉は、恋をしたことが？」

「まあ……人並みにはな……」

大学時代は結婚を考えた恋人がいた。だがあんたなんか魔女と結婚しなさいと、振られた。無理もなかった。なにしろ文献に金はつぎ込んでも、彼女の誕生日を祝ってやったことはなかった。

「参考までに、失恋をしたとき、鷹倉はどうやって立ち直った？」

「仕事だな。仕事に打ち込んでいるうちに、いつの間にか考えないようになった」

「仕事か。鷹倉は、学生時代から事業をやっているそうだな。……たいしたものだな。わたしなんて、長く生きているだけで、なにもできない……」

「なにかやりたいことはないのか？　得意なこととか。歴史や語学は得意ジャンルじゃないか」

「歴史といっても、覚えているのは宮廷での出来事くらいだし……語学は多少できるが、以前通訳を頼まれて、相手を怒らせてしまったことがある。向いているとは……」

「語学教室はどうだ？　有閑《ゆうかん》マダム相手のレッスンなら簡単な日常会話程度でいい。亡命貴族の末裔《まつえい》という触れ込みで付加価値をつけて、レッスン料はうんと高めに設定するんだ。教室も高級レストランかホテルのサロンを借りて、レッスンのあとはお茶でもしながら、宮廷での作法やゴシップなんかを話に交える。艶聞の百や二百は知ってるだろ？　女はそういう華やかかつ下世話な噂話が好物なんだ。その容姿も武器になる。美貌の貴族の末裔の顔を一目拝もうと、いくらでもセレブが集まってくるぞ」

立て板に水でアイディアを繰り出す鷹倉に、カズナはやや長く沈黙し、目をぱちぱちさせた。

「……そんなことは、考えたこともなかった……」

「なにもできないんじゃない。ノウハウを知らないだけだ。できないのとやらないのは違う。今できないこともひとつずつ覚えていけばいいんだ。雑巾絞りだってできるようになっただろうが」

自分はなにを、本気になってこんな説教しているのか。鷹倉は眉をしかめ、前をにらみつけた。カズナはそこに存在しているだけで衣食住が手に入る。汗して働く必要などない生き物なのだ。

「……ありがとう、鷹倉」

「――え？」

「口座に金を振り込んでくれたと聞いた。それのうえに家族の生活までみてくれることになったと、電話があって、とても喜んでいた。昨晩は礼を云うつもりで書斎に行ったのだが、云いそびれてしまったから……」

「……あれは――宣伝だ。重病の子供を支援するっていうのは、世間受けする美談だからな。企業のイメージアップになる」

「宣伝？　では秘書が呼び戻しにくるまで、目を赤くして、ずっと枕もとで子供の手を握って勇気づけていたのも？　マスコミの記者も、カメラも立ち会わせずに？」

「たまたまだ。次はテレビカメラも入れて、大々的に会見を開いてやる。ドキュメント番組も作る」

そんな気はさらさらないのを見透《みす》かして、カズナがくすくすと笑っている。鷹倉がむっつりしていると、すっと口もとから笑みが消えて、「鷹倉」……と、少し低い声で静かに呼んだ。

「昨晩は、この間の謝罪もしたくて書斎に行ったのだ。鷹倉の父上を侮辱したことを……」

「………」

「赦してもらえるだろうか」

「……そんなことは、もういい。おれだって親父を尊敬しているわけじゃない」

「……そんなふうに云うものじゃない。きっと、悲しまれる」

鷹倉は乱暴にハンドルを切った。カズナが父を庇うのが、なぜか面白くない。だいたい家族を捨てて愛人に走った男のどこが情が厚く優しいのか、聞かせてほしいくらいだと、考えれば考えるほどむかっ腹が立ってきた。カズナのヒエラルキーでは侯爵が一番上のようだが、父が何番目なのだ。そもそも恋はしたことないんじゃなかったか？　だったら父とは純粋に金と体だけの関係か。おれとどう違うっていうのだ。

坂を転がるようにそこまで考えた時、ピリリッ、と携帯が鳴った。鷹倉はどきっとして我に返った。なんだ、いまの考えは？　これではまるで——まるで……。

電話は秘書からの緊急の呼び出しだった。すぐそっちへ向かうと云って切り、もう間近まで来ていたマンションのロータリーで、カズナを降ろそうとした。ところがカズナは降りようとしない。仕方なく、ドアを開けてやるために鷹倉が運転席を降りていこうとすると、少し怒ったような声で云った。

「また仕事か。鷹倉は働きすぎだ。病人のくせに、どうしてもっと体を労《いたわ》ろうとしないんだ」

「それは――土屋も云ってただろう、ただの風邪だ。重病ってのは、その……嘘なんだ」

「仕事が大切なのはわかるが、そんな嘘をついてまで――……。……うそ？」

カズナの眉間《みけん》が凍る。沈黙。

「……そうか。なんだ、嘘だったのか。だから土屋は……そうか、なんだ……」

また沈黙。――さぞ立腹だろう。真剣に心配してくれたカズナの気持ちを考えると、だますつもりはなかったとはいえ、さすがに気まずい。だが、恐る恐る覗いたミラーには、恥ずかしさで耳朶まで真っ赤になっているカズナの顔が映っていた。

するとカズナは突然車を降り、後ろも見ずにカツカツと歩きはじめた。鷹倉は思わずその後を追いかけていた。入口の手前で捕まえたカズナは、振り向かせると、まだ赤い顔を背けるようにして、眉をひそめ、あさってを向いている。

「仕事なんだろう。早く行ったらどうだ？」

鷹倉は、ぎこちなく手を離した。足早に車に戻る。――どうして追いかけたのか。シートベルトを締め、ゆっくりと車を出しながら、自問した。

心臓が波立っていた。追いかけてなにを云おうとしたのか。云わせようとしたのか。自問しながらミラーを見ると、カズナがまだなかへ入らずに見送っていた。心配そうな顔が小さくなっていく。鷹倉は急ブレーキを踏んだ。

再び運転席から降り、走って戻ってくる男を見て、カズナは驚いていた。だが鷹倉は、今度こそ自問する必要はなかった。カズナの前までくると、両腕で包むように彼の体を抱いた。

カズナは驚きに一瞬硬直したが、じき男の胸の中で緊張をほどき、鷹倉の体に、しなやかな植物の葉のように自分の体を添わせてきた。

苦しい…と、コートの襟に向かって小声で訴える。鷹倉は、腕の力を少しだけ緩めてやった。

そして、そこにできた隙間の分を埋めるように、カズナの柔らかな唇に、唇を重ねていった。

第五章

休日、遅く起きて朝刊を手に厨房の前を通りかかると、なかから笑い声がした。なんとなく覗いてみると、使用人たちが皆で椅子を持ち寄って、午後のお茶をしているところだった。メイド頭や、庭師と運転手の姿も混ざって、なにか他愛《たわい》もない話をして和《なご》んでいる。

そのまま通りすぎようとした鷹倉だったが、中心にいたカズナが、目ざとくそれを見つけて呼び止めた。

「鷹倉もこっちへ来て、みんなと一緒にお茶をしませんか？」

「え？　いや……おれは……」

鷹倉は眉をひそめた。全員が一斉にこちらを見ている。

ストライキは解除されたものの、まだ使用人たちとの関係はぎくしゃくしていた。いまも、和やかだった雰囲気が、鷹倉の登場で急に白《しら》けてしまっている。

気まずく、新聞を読むから——とむっつりと言い訳をして立ち去ろうとしたが、カズナは鷹倉の腕を引いて強引に椅子に座らせてしまった。そしてひとりニコニコとさっきの話を続けながら、ステンレスの調理台の菓子入れに手を伸ばして、海苔のついた煎餅を白い前歯でばりんと齧《かじ》った。

座った椅子からすぐ腰を上げようとしていた鷹倉は、それを見て仰天した。

「……なっ……お、おまえ、なに食ってるんだ!?」

「海苔せんべい。運転手さんが、浅草《あさくさ》で焼きたてを買ってきてくれたんですよ。鷹倉もどうぞ？」

「どうぞって……そんなもの食って平気なのか？　腹が痛くなるんじゃないか？」

「まあ旦那様。カズナさんはお菓子でもご飯でも召し上がるんですよ」

そんなこともご存じなかったんですか？　と吉野《よしの》が呆れたように云って、煎茶を出してくれた。

鷹倉が目を点にしているのがよほど可笑しかったらしく、髪の長いメイドがぷっと噴き出した。

「あ、す、すみません。でも、あたしたちもはじめ見たときはすっごいびっくりしたんですよね？」

「うん、あのときはびっくりしたわ。だって宝石しか食べないんだと思ってましたから。人工の甘味料や着色料が入っていなければ平気なんですよね？」

「その煎餅は手焼きで、材料も無農薬のを畑から育てているんで、カズナさんも召し上がれるんですよ」

知らなかった。自分にもまだ魔性について知らないことがあったことにすっかりショックを受けた鷹倉は、立ち上がるタイミングを逸してしまった。

「旦那様。お煎餅は二枚までですよ。おやつを食べすぎると夕食が入らなくなりますからね」

やんちゃ坊主を叱るような吉野の口ぶりに、気恥ずかしくなり、鷹倉はわざとバリバリ音を立て煎餅を齧った。

「よせ。おれをいくつになったと思ってるんだ」

すると海苔まできれいに平らげたカズナが、醤油のついた指を舐めながら、すまして云った。

「わたしから見たら、鷹倉も執事さんも、みんな子供ですよ」

全員がどっと笑った。カズナは横にいた髪の長いメイドをつつき、

「そういえば鷹倉になにか話があるといってませんでしたか？　いま話したら？」

メイドはえっ、と狼狽えてもじもじしたが、カズナの優しい微笑に励まされたように、湯飲みを調理台に置くと、急に改まって背筋をただした。そして鷹倉に頭を下げたのだ。

「あの……先日は、ありがとうございました。実家の父に過分なお見舞をいただいてしまって…。父も母もとても感謝していました」

「え？　ああ…いや。軽くすんで幸いだった。大事にするようにお伝えしてくれ」

「ありがとうございます。もっと早くお礼をしなくちゃいけなかったのに、あたし……いままですみませんでした」

九州にいる彼女の父親は、先日交通事故にあっている。鷹倉にしてみれば、執事に見舞金を託しただけだが、メイドは思わぬ優しい言葉をかけてもらい、感激してうっすら涙ぐんですらいる。するとほかの使用人たちまで、口々と胸のつかえを吐き出しはじめたのだ。

鷹倉は逆に狼狽え、そして自分のこれまでの不明を反省した。そっとカズナを見ると、美しい

魔物はそんな鷹倉の内心を見透かしたように、穏やかに微笑んでいた。

そうやって、不思議なほど、穏やかな時間が過ぎていった。

カズナは、夜、鷹倉がどんなに遅くても、帰宅するまで起きて待っていた。朝は執事の代わりに鷹倉のコートにブラシを当て、車まで見送るのが仕事になった。

休日には土屋と家族を夕食に招き、コックは喜んで腕を奮った。カズナの存在はいい潤滑油となった。使用人たちはカズナの秘密を守ろうと全員一丸となって固く結びつき、以前にもましてよく働いた。恒例の魔女の面接には、カズナが候補者に、直々に宝石を運んでくるという悪戯《いたずら》までした。

カズナはたびたび書斎にやってきて、仕事をしている鷹倉の傍《かたわ》らで静かに本を読むことが増えた。クッションと、食感がキャラメルに似ているという「歯にくっつく」琥珀を持ち込んで、誰かに貸りたホラー小説を、なぜかわざわざ書斎机の下に潜り込んで真剣に読んでいる。

宝石以外の食べ物は、皆と一緒のときしか口にしないようだ。そもそも人間と同じような味覚はないのだ。「皆がおいしそうに食べているから……」というが、味のないものを食ったって面白いわけがない。

カズナは、仲間に入りたいのかもしれない。自分ひとり疎外される寂しさは、誰しも一度は経験がある。人間に好かれようとするのも、処世術以上に、ひとりで生きることが寂しいからなのかもしれないと、鷹倉には思えた。

「狭っくるしい……なんでわざわざそんなところで本を読むんだ。目が悪くなるぞ」

また机の下にカズナが潜っていたので、椅子にかけた鷹倉は、もう少しで蹴飛ばしてしまうところだった。

「鷹倉の真似をしてるんだ。執事さんに聞いた、ここが鷹倉の一番の特等席だって」

「ガキの頃の話だ。いまそんなことするか。よくこんな狭いところに何時間も潜ってたもんだ」

「狭くなったんじゃなくて、鷹倉が大きくなったんだよ。目線が変わると、いつもの景色も違って見えて面白いぞ」

「なにが面白いんだか。……ちょっと詰めろ。……あいてっ」

机の縁にゴチンと景気よくぶつかった額の音に、カズナは笑い転げた。

「笑うな。くそー…コブができた」

「ふふ、意外とそそっかしいんだな。もっとこっちへ来たら?」

カズナが体をずらしてできた隙間に並んで俯せに転がると、互いの肘と肘が密着した。はっとして、間を作る。カズナも急いで肘を引っ込めた。

雪の日のくちづけ以来、二人は互いに平然と接しようとして、却《かえ》って互いを意識してしまっていた。湯上がりのにおいを嗅いだり、テーブルでたまたま指が触れ合っただけで赤くなり、妙にぎくしゃくして、メイドたちに不審がられたりしていた。夜中におやすみを云ったあと、カズナが寝室の扉に鍵をかけていないのを知って、何度自分のベッドで狂おしく寝返りを打ったかしれない。

カズナが、父の愛人でさえなかったら。普通の人間であったら。——埒《らち》もない望みが、胸の奥底に幾重にも折り畳まれていく。

だが、忘れてしまうわけにはいかないのだ。母の、妹の無念を。鷹倉の胸は、千々に乱れた。

鷹倉は、抽斗の奥にしまわれたエアメールのことを思った。返信は永遠にしないだろう。カズナを仲間に会わせたいという気持ちは、もはや鷹倉にはなかった。

会わせるも復讐、会わせぬのも復讐——そう、執事は云った。だが、そうなのだろうか。おれは、カズナを苦しめたくて、仲間と会わせたくないのだろうか。

「……鷹倉、こんなところに小さい傷がある。怪我をしたのか？」

カズナが、間近で、左の眦を見て尋ねた。五ミリほどの傷痕が薄く残っている。

「ガキの頃にな……ガラスで切ったんだ」

「ガラスが目に入らなくてよかった。まだ痛むのか？」

鷹倉は、瞼を閉じた。もう、痛むはずのない古傷だ。

「……ああ。時々、痛む」

「……早くよくなるといいな」

カズナが、手を伸ばし、指先で優しく傷痕を撫でた。温かい指だった。


「わかった、わかったから裾を引っ張るのはよせ、シャツがはみ出るだろうがっ。……おまえに注射しにきたんじゃないんだからだいじょうぶだって、何度云ったら納得するんだ。まったくガキじゃあるまいし——……ああ、わかった。わかったから……」

国立病院。高い天井の窓から降り注ぐ陽差しが、広いエントランスロビーを明るく満たしている。どこか雑然とした独特の静けさと、ＢＧＭのクラシック音楽に混じって、呼び出しのアナウンスが時々流れていた。

「ホラー小説は平気で読むくせに、なにが病院なんか怖いんだ」

「それとこれは違う。……だって、おばけは注射しないじゃないか」

何百年も生きてきて、まだ怖いものがあるという方が不思議だ。第一、破瓜《はか》の痛みのほうがよっぽど……と思ったが、口に出すのは憚《はばか》られた。

「わかったわかった。……ほら。あんまりきょろきょろするんじゃない。広いんだから、はぐれて迷子になっても知らんからな」

差し出された鷹倉の左手を強く握り締め、カズナは、恥ずかしそうにこくりと頷いた。

二人は、手術を間近に控えた安藤家の長女を見舞いに訪れていた。カズナは気が進まないようだったが、どうしても手術の前に礼が云いたいという家族の願いに折れたのだ。

しかし、カズナの医者嫌いは少し異常だった。白衣の人間が通りかかると、さっと鷹倉の背中に隠れてしまう。繋いだ手が震えていた。道中、車内でもずっと顔色が冴えなかったのだが、病棟に入って消毒臭を嗅ぐと、ますます悪化したようだ。

特別室に入院した女の子と家族に久しぶりに再会して嬉しそうだったが、一家と別れた途端に堪えられなくなったようで、廊下を歩いている間に、自分が見舞いのメロンのように真っ青になってしまった。

「ごめ…ん――鷹倉……せっかく連れてきてくれたのに、迷惑を……」

「ばか。そんなこといいから、楽にしてろ。ハンカチを濡らしてくる。気分が悪かったらここで戻してかまわないからな？　いいか、動くんじゃないぞ？　おれが戻るまで窓も開けるな、わかったな」

地下駐車場。冷汗をかき、真っ青な顔で後部座席に横たわっているカズナを、後ろ髪を引かれながらひとり残して車を離れた。運転手か秘書を連れてくるべきだった。雪の日の騒動以来、できる限りカズナを目の届くところにおくように心がけてきたというのに。

走って水場を探したが、あいにく地下には手洗いもない。急いで非常階段を駆け上がって、近くの男子トイレでハンカチを濡らしていると、男が声をかけてきた。白衣を着た、小柄な痩せた初老の男だった。

「ぶしつけに失礼だが——もしや、あなたは桜川《さくらがわ》さんの関係者じゃありませんか？」

鷹倉は訝《いぶか》った。桜川姓を捨ててもう十年以上経つ。血縁関係を知っている人間は少ない。

「……桜川は、わたしの父ですが」

「おぉ！　そうか、ご子息か！」

分厚い眼鏡をかけた男の顔が輝いた。鷹倉の右手を掴み、無理やりに強く握る。胸のネームプレートで、教授だとわかった。

「さっきあれと一緒にロビーを歩いているのを見て、もしやと思ったんだが、ご子息があとを継がれていたのだね。病院へはあれの検査で？　データはどこまで解析できたのだね？」

「——検査……？」

「なに、隠さなくてもいい。わたしは父上の研究チームに籍を置いていた人間だよ」

「研究…？　申しわけないが、あなたがなにをおっしゃっているか、理解できない」

すぐにカズナのところへ戻りたいのに、つまらない足止めを食って苛々と眉をひそめる鷹倉に、老教授は、あたりを憚るように左右を見回し、口もとを手で囲ってそっと耳打ちしてきた。

「心配しなくてもよろしい。わたしはようく知っていますよ」

皺だらけの口もとが、にたりと笑った。

「――カズナの、人体実験のこともね……」

「……どこまで行っていたんだ？　遅いから、迷子になったのかと思った……」

三十分もしてから車に戻ってきた鷹倉に、カズナは文句を云ったが、顔を見てほっとしたのだろう。心細そうだった瞳が緩んだのがわかった。

「……水を買ってきたんだ。もう帰ろう。家までもう少し我慢できるな？」

「ああ…。ありがとう……」

カズナは、無理に笑ってミネラルウォーターのペットボトルを握ったが、吐き気で口に含む気力もないようだった。当然、鷹倉の顔が土気色に変わっていることにも気づかなかった。

マンションに戻ると、車寄せに、連絡を受けた執事が待っていた。カズナは病院から離れると次第に顔色を取り戻し、くれぐれも大事を取らせろと青い顔で執事に念を押す鷹倉に苦笑を浮かべた。

「もうだいじょうぶだから。それより、鷹倉のほうが病人みたいな顔色だ。少し休んでいったほうがいいんじゃないか？」

「……いや。おれは仕事に戻らなければ」

カズナは心配そうに顔を曇らせたが、ここは寒いですからと執事に促《うなが》されて、エントランスロビーに入っていった。ゆっくりとエレベーターホールへ歩きながら、自動ドア越しに振り向く。立ち止まって見送っている男を安心させようと微笑を浮かべたカズナに、鷹倉は、ぎこちのない笑みを返すことすらできず、踵《きびす》を返して大股に車へと戻った。

国道をしばらく走らせたが、それ以上耐えられず、路肩に車を停めた。震えが止まらなかった。みぞおちがキリキリと痛み、胃液がせり上がってきた。

「もう数十年前になるが、箱根《はこね》の研究所に、何人もの学者がひそかに集められた。遺伝子工学、脳外科、精神学者をはじめとする医学界の権威だ。わたしもそのひとりだった。被験体は、カズナという化け物だ。宝石を食べて数百年も生きるという、あの伝説の魔物だよ。父上は、我々のスポンサーだった。彼は、魔物の細胞から、不老不死薬を造り出せないかと考えたのだ……」

カズナは、保養所を装った研究施設で、その実験台にされた。日に数度、血液と細胞を採取され、生かさず殺さず監禁され続けたのだ。貴重なモルモットとして。

鉱石や貴金属を消化するメカニズムは。脳の働きは、体内組織は、酵素は、人間とどう違うのか。痛覚はあるか、毒物の耐性はあるか、皮膚の組織は何℃の高温まで耐えられるか、低温はどうか、切り傷は何時間で塞がるのか。何日間飲まず食わずで生きているか。脳波と精神状態の変化を見るために、何日間も壁に向かって立たせたまま、眠らせないこともあった。――正気では聞くに堪えない、おぞましい実験は、休みなく続いた。三年もの間。毎日。

「残念ながら、当時は特効薬を造り出すことはできなかった……だが現在の科学を以てすれば、必ず新たな発見があるはずなのだ。しかし父上が亡くなられて、資金源を失った研究チームは解散せざるを得なかった。口惜《くや》しくてたまらなかったよ。――あのあと、人体実験を悔いて自殺した者もおったが、ばかばかしい。いいかね、君、あれは人間じゃないんだよ。我々人間のお情けで生かしてもらっている化け物なんだ。医学の進歩のために犠牲になるのは、当然の義務じゃないかね。なにが倫理だね。人間でないものに対して、我々が罪悪感などもつ必要などどこにあるかね？　え、そうだろう？」

「……父は……」

体が震え、舌は痺れたようにもつれた。

「父は……実験の内容を、知って……？」

「もちろんだ！　実験には桜川氏が一番熱心だった。あの化け物には麻酔が効かんので、暴れるのを押えつけるのが大変でね。氏は積極的にデータの収集に協力してくださったよ。――あれは得がたい実験だった。中断されたのは実に惜しい。しかし息子さんが遺志をついで、父上もさぞお喜びでしょうな。母上は残念だったが……。……おや、知らなかったのかね？　桜川氏の目的は、奥さんの病気を治すことだったんだよ。そのために、あの化け物を捕まえて、飼っていたんだ」

鷹倉は両手でハンドルを殴りつけた。食い縛った奥歯の間から、絞り出すような唸り声がほとばしった。

父は、カズナのために破滅したのではなかった。愛人にたぶらかされ、人を遠ざけて別宅に囲っていたのではなかった。医師に対するカズナの尋常ではない怯え。桜川を実父だと明かしたときの動揺——あれは——あれはっ……。

……おれはなにをやってきた。なにを信じてきたのだ。——いままで、おれは、なにを……！

慟哭《どうこく》はいつまでもやまなかった。きつく握り締めた掌に爪が食い込み、血が滲みだしていた。

「……これを、明日投函《とうかん》しておいてくれ」

「かしこまりました」

昔風に蠟《ろう》で封をした封筒を主人から預かった執事は、表書きの名前を目にしても、少しも意外そうな顔をしなかった。そのことは、鷹倉にとってむしろ意外に思えた。

仲間と会わせるのか――と以前訊かれたとき、鷹倉は答えを保留したのだ。にもかかわらず執事の落ち着きぶりは、昨晩、鷹倉が書斎にこもって何度も書き直した手紙の内容まで、見通しているかのようだ。

「まるで、おれがこうすることがわかっていたようだな。理由を訊かないのか？　なぜおれがカズナを手放すことにしたのか。あいつへの復讐は、おまえの長年の本望でもあったはずだ」

すると執事は、実直に答えた。

「復讐など、旦那様はできる方ではないと、わたくしにはわかっておりました」

その答えに、鷹倉は愕然《がくぜん》とした。

「……わかってた……？　頓挫《とんざ》することがか」

「目的を果たされれば、きっといま以上に、お苦しみになります……僭越《せんえつ》ながら、旦那様のためにも、あの魔物にとっても、これが最善のご判断でございましょう」

「だったら、いままでどうしておれに協力してきたんだ」

「人には、心の支えが必要でございます。魔女への恨み――魔女を捜し当て、復讐することが、見方を変えれば旦那様の支えでございました。もしその目標がなかったならば、その若さでどん底から這い上がり、これほどの成功はなかったことでございましょう」

鷹倉は否定はしかけたが、できなかった。

「新聞広告をお出しになったときも、まさかあのような方法で本当に魔性が目の前に現れるとは、露ほどにも思っておりませんでした……」

「……カズナが出てきたとき、目には目を、なんて生温いことを云い出したのは、だからか」

「人の顔を撲《う》てば、自分の手も痛むものでございます。復讐を遂げられれば、お手が痛むだけではすみません。もし万一にも旦那様がお考えを改められないときは、わたくしが密かに逃がすつもりでおりました」

「………」

「……申しわけございません」

鷹倉は、左右に首を振った。もし一歩踏み違えていたら、もっと取り返しのつかないことになっていただろう。長年仕えてくれてきた誠実な老執事に、鷹倉は心から感謝した。だがそれでも――いや、だからこそ、父とカズナの間に起こった真実を彼に明かすことはできなかった。

「パスポート？　さあ…昔日本に来るときに作ったはずだが、いつの間にかどこかいってしまったな」

「新しく作っておいた。なくさないようにきちんと保管しておけよ。再申請はできないからな」

怪訝《けげん》そうに日本国籍のパスポートを受け取ったカズナは、なかを開いてみて、さらに怪訝そうに眉をひそめた。

「名前が違う。……オガワリイチ？　聞いたこともない名だ」

「偽造だからな。こっちが住所と電話番号。その住所はちゃんとおまえが住んでいることになってる。新しい名前と生年月日も、ちゃんと漢字で書けるように練習しておけよ」

「憶えるのはいいが……どうして急に？　べつに海外に行く予定はないし、必要ないだろう」

「おまえのよく知っている元侯爵家の令嬢から、手紙がきた。おまえに会いたがってる。それにおまえの仲間も彼女のところにいるそうだ。連絡を取ったら、歓待すると返事がきた。彼女のところへ行け」

一息に云って、煙草に火をつける。カズナは、まだパスポートをじっと見つめていた。

「……変な写真だな」

「飛行機に乗るのは初めてだろう？　現地までおれの秘書が送っていく」

「もう少し写りのいいのはなかったのか？　前髪が波打ってる」

「彼女は亡命先で四十年前に海運王と結婚して、子供はいない。数年前、夫に先立たれてからは独り暮らし。夫の莫大な遺産を相続し、暮らし向きは裕福で、人柄も評判だ」

「首の陰が、歳とって見えるし、ほら、瞼《まぶた》もむくんでる」

「仲間もおまえに会いたがってるそうだ。写真を同封してきた……ブロンドのすごい美女だ」

「……枕が変わると眠れない」

「いま使ってるのを持っていけ。ピロケースを百枚、餞別《せんべつ》につけてやる」

「………」

カズナはゆっくりと、顔を上げ、鷹倉を見つめた。

「それは、もう、ここに戻ってこられないという意味だと思っていいのか？」

まともに視線を合わせられず、まだいくらも喫っていない煙草を、灰皿でギュッと擦り潰した。

「新しい窓拭き係を入れることになった。退職金は弾むから、荷物を纏《まと》めて出てってくれ。それに、約束の一億は支払った。もうここにいる用もないだろう？」

するとカズナは、そうだな、と軽く頷いた。

「わかった。短い間だったが、色々と世話になった。どうか健勝で」

「週末の便だ。荷物、忘れ物のないように支度をしておけよ。あっちへ行ったらそうそう帰ってこれないんだからな」

「うん。ではおやすみ」

カズナはパスポートを手に部屋へ戻っていった。扉が閉まる音を聞くと、鷹倉は、脱力してずるずるとソファに沈み込んだ。ぼんやりと煙草を咥《くわ》えたが、火をつける気力もない。

肩透かしを食ったような気分だった。もっとごねられるだろうと覚悟していたのに、ずいぶんとあっけないものだ。……もっとも、人間の都合であっちへやられこっちへ戻されることには、慣れているのかもしれないが。

どう説得すればいいか一晩悩んだのに、なんだか気が抜けてしまった。――もっとも結局うまい案も思いつかず、あんな投げ棄てるような云い方しかできなかったのだが。

胸が、重苦しい。手の平を開く。爪の傷痕が、まだ塞がっていなかった。

火をつけないまま煙草を折って捨て、苦い溜息をつき立ち上がった。扉を開けると、すぐそこにカズナが立っていた。鷹倉は驚いて、一歩後ずさった。ぶつかって弾き飛ばすところだった。

「……靴を、弁償すればいいか？」

カズナが、俯いたまま呟いた。

「……なに…靴？」

「絨毯《じゅうたん》も弁償する」

戸惑う鷹倉に、早口に云いかぶせる。

「宝石も……いままで食べた分は、これから働けば、返していけると思う。少しずつだが……。寝室も、鍵がついていなくていい」

「……」

「……だから……ここに戻ってきてはだめだろうか？」

下を向いたうなじが、小さな耳が、恥ずかしそうにほんのりと染まっている。胸の深いところで、なにかが、いまにも弾けそうに膨れ上がった。鷹倉は、激情のまま彼を抱き締めてしまわぬために、ぐっとドアノブを握り締めた。

「……どうして、……あの男を、情の深い男だなんて云ったんだ」

え…？　と、カズナが眉をひそめて顔を上げた。

「病院で、おまえを知っている医者からすべて聞いた。どうして庇《かば》った。あの男がおまえになにをしたかっ……。おれは、……おれは、あの男と同じ血が流れていると思うだけでおぞましいっ」

「鷹倉……っ」

紙のように白い鷹倉の顔色を見て、カズナも顔色を変えた。なにか言い繕おうと口を開きかけたが、頭を垂れた鷹倉に、むだだと悟ったのか、なにも云わず左右にかぶりを振る。

「あれはもうすんだことだ。……昔のことだ。自分を責めないで、顔を上げてくれ」

「昔じゃない。おれは、親父を狂わせたおまえをずっと憎んできたんだ。片時もその恨みは頭を離れなかった。なのに……蓋を開けてみれば、なにもかも間違いだった。……おれには、信じられん……あんな、残酷な……あの男は、人間じゃないっ……」

「鷹倉——いけない。それ以上云ったら」

カズナは、苦しげな男の唇に、二本の指をそっと押し当てて黙らせた。

「……確かに、……研究所でのことは、辛い思い出だ。でももう過ぎたことだ。いまは暖かいベッドで眠れるし、たくさん親切にしてもらっている」

「あの爺《じじい》の話を聞いて、やっとなにもかも辻褄《つじつま》が合った。どうしておまえが人目を避けて生活していたのか、医者に怯えるのか。……研究所を逃げ出した後、またモルモットにされるのが怖くて、自分の正体を人間に話せなかったからだな？……どうして、親父の名前を出したとき、最初に云ってくれなかった、そうすれば、あんな——酷いことはっ……」

「苦しんだのは、鷹倉も同じだ」

そっと手を伸ばし、鷹倉の左目の傷痕にふれる。癒そうとするようなやさしさ。

「話せば、きっと鷹倉はもっと苦しむと思った。……できることなら、一生耳に入れたくなかった」

「………」

「それに、長生きをしていると、都合の悪いことはすぐに忘れてしまえるように頭ができているらしい。わたしがいいと云っているのだから、鷹倉もそう思ってくれなければ困る」

カズナの声には、子供を励ますような、軽く叱るようなあたたかい響きがある。赦すと云ってくれているのだ。これまでの愚かな過ちも、憎しみも。

だが、鷹倉は深く息を吐き、ゆっくりと、かぶりを振った。ドアノブをさらに固く握り締める。

「……だめだ。……たとえおまえが赦してくれても、おれが自分を赦せない」

カズナは黙っていた。互いの吐息すらふれるほどの距離にいて、だがその距離は、とてつもなく遠かった。

のしかかってくるような重苦しい沈黙が過ぎ、ぽつりと、カズナが口を開いた。

「飛行機には、一度乗ってみたかったんだ。雲の上を飛ぶのだろう？　愉《たの》しみだ」

「……ああ。映画も観られるし、酒も飲み放題だ。機内食も特別に用意させる」

お酒は飲めないよ、とカズナは笑顔になった。だがどこか上の空な笑い方だった。

「お酒も機内食も餞別もいらない。……ただ、できれば最後にひとつだけ、……お願いを聞いてくれないか？」

白のリムジンが、閑静な住宅街にある、瀟洒《しょうしゃ》な一戸建ての門の前で停まった。

看板も出ていない。知らない人間は気づかずに通りすぎてしまうだろうが、門を一歩入れば、四季折々の花をつける木々が繁り、石畳の両側にキャンドルが点々と足もとを照らして、入

口まで導いてくれる。

車から降り立ったのは、真新しい、パールホワイトのコートを羽織ったカズナだ。入口の前で到着を待っていた鷹倉が手ずからコートを受け取り、若い給仕の案内でテーブルに着いた。

「……ドレスを着てきたほうがよかったか？」

と、席に着くなりカズナはつまらない心配を口にした。レストランで男二人というのは、彼の常識にはないのだろう。鷹倉は、二人きりだ、と囁いて彼を安心させてやった。

南欧風の、レセプションやパーティなどに使われる家屋は、今夜は貸切りだ。丸テーブルはサンルームにセットされ、その周りは花とキャンドルで埋めつくすように飾られていた。

揺らめく淡い光に照らされたカズナの美貌は、この上なく幻想的だった。控えめな光沢のスーツと、柔らかな絹のシャツ。中性的な顔立ちにはさぞドレス姿も映えるだろうが、ここではそんな必要はない。そのままで美しい。そう素直に感想を述べることはできなかったが、カズナは、鷹倉の不器用な気持ちを読んだように、やさしく微笑した。

「今夜は、お招きをありがとう」

「気に入ってもらえるかわからないが、愉《たの》しんでくれ」

合図で、弦楽奏が、半分扉を開けた隣の部屋から静かに聴こえてきた。

最後にカズナが望んだのは、鷹倉との〈時間〉だった。「一緒に食事をして、酒を飲んだり音楽を聴いたりしたい。電話も書類も一切届かないところで」……もちろん鷹倉は快諾した。

ただ、レストランをどうするかは悩みどころだった。せっかくだから外へ連れていってやりたい。しかしカズナの特別メニューを誰に支度させるか大いに問題だし、珍しがられて給仕にじろじろ見られては落ち着かないだろう。よくよく考えた末、給仕は執事の孫に頼むことにした。まだ学生だが、よく事情を知っているし、祖父譲りで口が固い。

二人が白いナプキンを膝に広げると、氷に沈めたシャンパンが運ばれてきた。カズナのためには、うんと細かく砕いたダイヤモンドを冷やしてフルートグラスに敷いた上から、炭酸入りのペリエが注がれる。しゅわしゅわと音を立てて舞う泡と粒子の輝きに、こんなのは初めてだとカズナは目を瞠《みは》った。味も申し分なかったらしく、何杯もおかわりをした。

「本日のオードブルでございます」

まず運ばれてきたのは、殻のままの岩牡蠣《いわがき》だ。日本海ものは驚くほど粒が大きい。ごつごつした蓋をあけ、たっぷりと香菜をのせると、控えていた給仕が銀の細口鍋から熱した油を回しかけた。じゅわっと香ばしい匂いと音が立つ。

わぁ、とカズナもそれを見ていそいそと自分の貝の蓋をあけたのに、給仕は一礼して下がっていってしまった。

「おれのとは、貝の種類が違うんじゃないか？　もう味がついてるのかもしれない」

がっかりしている様子が気の毒になり、そう声をかけると、カズナはあまり気が進まない様子で、少し灰色がかった柔らかい身にナイフを入れた。と、すぐに刃がカチリと固いものに当たり、身の中から、直径二センチ以上ある大粒の真珠が出てきた。

カズナは驚き、すましている鷹倉に笑いかけ、嬉しそうにぱくりと口に入れた。しゅわ…と泡が弾けるような音色。瞼を閉じて舌の上に広がる味を堪能し、「近海ものだ」と当ててみせた。

次に運ばれてきたのも、同じ殻つきの貝だった。周りには冷やした小粒のピンクサファイアを敷き詰めてある。また同じ中身かと思って蓋を持ち上げると、その途端、いっぱいに詰め込まれていた小粒のバロック真珠がぼろぼろと皿の上にこぼれ落ち、淡いピンク色と混ざりあった。

次々運ばれてくる料理のどれも、彼を驚かせ、喜ばせる工夫がしてあった。アスパラのサラダもメインの海老も、口直しのレモンシャーベットも、材料さえ違えど二人の皿は寸分違わず作られていた。

特にデザートの、繊細な黄金色の飴細工を飾り付けた三色のムースは、給仕がどっちにどれを置くのか一瞬迷ったほどだ。カズナは金を溶かして花や蝶の形に織りあげた細工にいたく感心したらしく、勿体なそうにそっと皿からよけて、記念に持ち帰るつもりのようだった。

最後のコーヒーまで終えてから、鷹倉は、今夜のシェフたちを呼んで種明かしをした。

白い帽子を取って姿を現した我が家の料理人と、今夜だけその助手に変身したメイドたちを見て、カズナはまたまた感激した。実は今夜のメニューは、家中の者で内緒でアイディアを出し合い、カズナの好みを探りながら細かく打合せたものだったのだ。

「なにもかも、とてもおいしかった。お腹もいっぱいだ」

ダイヤモンドの粉入りのペリエを飲みながら、うっとりと音楽に聴き入っているカズナの満足そうな微笑に、鷹倉は胸を撫で下ろした。これであれこれ考えた甲斐があった。ほっとすると、ワインが殊《こと》の外《ほか》うまく感じた。

「すてきな場所だな…。ここには、よく女性を連れてくるのか？」

「まさか。接待以外でこんな場所に来たのは十何年ぶりだ。毎日仕事仕事仕事、会社を興してからは、そんな余裕は全然なかったからな……」

実はここも、どこかいいデートコースはないかと秘書室でリサーチしたのだ。それを聞くと、カズナは心底意外そうだった。

「もっと遊んでいるかと思ったのに」

「どこがそう見えるんだ」

「キスが上手だった」

思わず噎《む》せた。音楽のリズムが変わった。カズナが鷹倉の手を取って、椅子を引く。フロアの空いたスペースに引っ張っていこうとするのに気づいて、鷹倉は慌てた。

「待て——無理だって。ダンスなんかできないっていっただろう」

「指南しよう。三拍子だ、簡単だよ、子供でもすぐに踊れる」

「いや、ほんとにだめだ、踊れない、やったことがない」

「誰でもはじめは初心者だよ。さあ。紳士が、パーティで誘ってきた女性に恥をかかせるのか？」

勘弁してくれ……と唸ったが、カズナはいたずらっぽく目を輝かせ、左手を肩の位置で軽く握り、右手は自分の背中に回させてしまう。この神秘の生き物は、鷹倉が本気で厭《いや》がっているのが愉しくて仕方ないらしい。

「ゆっくりやってみよう。まず重心は左足に。一で右足を一歩斜め前へ、二でターンして、三で両足を揃える。今度は逆に回るよ。左足を下げて、ターン、そう、上手じゃないか。もう一度やってみよう、ワン・ツー・スリー、ワン・ツー……背中が丸まってる、下を見ない」

「無茶云うな、足を踏みそうだ」

「構わないよ、わたしも覚えるまでは人の足を踏みまくった。鷹倉は筋がいいからすぐに覚える」

「話しかけるな、気が散る」

カズナが教えてくれた伝統的なウィンナーワルツは、ステップは単純だがテンポが速い。鷹倉は口の中でワン・ツー・スリーと必死にカウントし、ぎこちなくステップを踏んだ。カズナは、足をもつれさせそうになる不器用な男を、軽やかに巧みにリードしていく。足を踏ませるどころか、額に汗をかいている鷹倉を見て、くすくす笑う余裕すらある。

「よかった。鷹倉より得意なことがひとつみつかって嬉しい」

「ひとつじゃないだろうが。語学も知識もマナーも、おれよりずっと上だ」

「そう、それに歳も」

ふふっ、と含み笑う。瞳がきらきらとキャンドルの炎にきらめく。カズナの体は羽のように軽く、こっちまでダンスの名手になったような気分だ。

「でも、ずいぶん長生きをしてきたが、鷹倉のような人間ははじめてだ」

「悪かったな、粗野で口が悪くて野蛮で、ワルツひとつ踊れない」

「そうじゃない——いままで出逢った人たちは、皆親切にしてくれたけれど、それは言い伝えを恐れているからで、鷹倉のような人はいなかった。わたしを恐れずに真実を云ってくれた人は。とても衝撃的だった」

寄生虫、となじったことを、鷹倉は深く後悔していた。

「……あのときは、すまなかった。反省している」

「そうじゃない。こんないいかたは可笑《おか》しいかもしれないが……嬉しいんだ。鷹倉は、わたしをバケモノと呼びながら、誰よりも一番人間に近い扱いをしてくれた。誰も、わたしに働けなんて云った人はいなかった。人形のように飾り立てて、ダンスや詩を教えて、他人に見せびらかして——自分には、なにもできないと思い込んでいた。でも鷹倉は、こんなわたしにも働く力があると信じてくれた。それがとても嬉しかったんだ……」

「………」

「もう、雑巾絞りでは、鷹倉には負けないよ?」

すまして、鼻を高くして見せる。

「今朝、あちらから電話をいただいた。彼女が小さい頃に別れたきりだが、穏やかで知的な女性に成長しているようだ。鷹倉が考えてくれたサロンを開きたいと云ったら、とても驚いていたよ。わたしが働きたいなんていうとは思わなかったのだろう」

「……だろうな」

「彼女からは、空いた時間にボランティアで子供たちに語学を教えたらどうだろうかと勧められて、すっかり話が合ってしまった。向こうへ行っても退屈しなさそうだ。……そうだ、こうしてダンスを教えるのはどうだろう。どう思う？」

「ああ。とてもいい。きっと喜ばれる。もし金のことで困ったら、いつでも遠慮なく云ってこい。……おれには、それくらいしかしてやれんが」

「ありがとう、鷹倉。……でも、わたしのことは、今夜で忘れてほしい」

ぴたりと、どちらからともなく、足が止まった。カズナは、男の左肩に添えていた手の平をゆっくりと滑り落とし、右手もそっとほどいた。その双眸は穏やかに、強張った鷹倉の顔を見つめていた。

「わたしのことを思い出すたびに、きっと昔の苦しみも思い出してしまうだろう？　もう、それは終わりにしよう。つらいことも、悲しいことも。わたしは、鷹倉、誰も恨んではいないから」

「カズナ——おれは……」

「鷹倉。わたしは嘘を云ったわけじゃないんだ。本当に鷹倉の父上は、家族想いの情の深い人だったんだ。あるとき、酔って奥方のことをこう云っていた——ある夜会で深窓の令嬢に一目惚れをし、金にものをいわせて娶《めと》った。しかし妻は自分を成金の野蛮人と軽蔑していて、自分もプライドの高い彼女をどう愛したらいいかわからず、子供ができてもまだ心が通い合わない。だがそれでもいい、病を治し、生きていてほしいのだと。……自殺する前に、研究所からわたしを逃がしてくれたのも彼だ。薬もできず、お気の毒に奥方も亡くなられ……絶望されたのだと思う」

「……」

「……ずっと、思っていた。どうしてわたしは、なんの役にも立たないのに生まれてきたんだろう。あのとき、せめてこの体から薬が造れていたら——」

耐えられなかった。鷹倉は、両腕の中に閉じ込めるように、細い体をかき抱いた。

「鷹倉……」

「よせ、聞きたくないっ。なんでおまえは、おれを怒らせることばかり云うっ」

「……鷹倉……腕を緩めて……苦しい」

だめだ。鷹倉はもっと腕に力をこめた。離したくない。どこへもやりたくない。心の声に応えるように、カズナの両腕もまた、男の背中を抱き締めた。

熱く、甘い、可憐《かれん》な花のような唇を舌でまさぐり、唾液を味わう。宝石を泡のように溶かしてしまうくせに、どうしてこれほど柔らかく、やさしく舌を迎えるのか、不思議だった。

丁寧にシャツを剥《は》いで、きめ細かな膚をそうっとキャンドルの灯りにさらす。円いテーブルにかかった真っ白いクロスの上に横たわったカズナは、見下ろす男の灼熱の視線に、恥ずかしそうに肩をよじった。

「……そんなに、じっと見つめるものじゃない……息が止まってしまう」

それは、こっちの台詞だ。まだ少年の名残《なご》りを留めているような、中性的な体のライン。淡くけぶる真珠色の膚。鎖骨の窪み、その下にある薄紅色の小さな胸の蕾……両腿の間の控えめな陰り。妖しい美しさに目がくらみ、息が止まりそうだ。

激情のままにこの体を乱暴に引き裂いたのだと思うと、後悔で胸がヒリヒリと痛む。今夜は、できる限りやさしく、カズナのいいようにだけしてやり、絶対に傷つけないように……と念じるのだが、一方で体は逸《はや》っていまにも襲いかかってしまいそうだ。

するとカズナは、そんな気持ちを見透かしたように、合わせていた両膝をそっと開き、鷹倉に両腕を差し伸べた。

「あ……」

切っ先をあてがうと、指と舌で慣らした小さな入口は、温めたクリームのようにとろけていた。

「…く……うっ……」

しかしまだ二度目の情交だ。気遣いながら繋がったつもりだったが、たくましさを受け止めかねて、カズナは弱々しく呻いた。

やっとすべて収めきって、汗ばんだ白い額に張りついた前髪をかきあげてやると、せつないような、泣き笑いのような顔で見つめ返してくる。それがまたたまらなくて、雄がぐっと反応してしまう。

怖いほどの充塞感に、カズナはうぅん…と仔犬のような甘えた声を漏らした。そしてそんな自分の声に、初心《うぶ》に恥じらうのだ。

愛しかった。身も心も、せつなくなるほどに。

「……きつくないか？」

「ん……んっ……あぁ……少し、き、つい……」

「痛いのか？」

抜こうとすると、ちがう……と赤くなる。

「……鷹倉が、おおきすぎるから……」

少しほっとして、それは勘弁しろ、と囁いた。わななく唇を何度もついばみ、苦しさを少しでも紛らわせてやろうとする。

含ませたまま逸っている自分の快楽は後回しにして、唇の次は耳を、胸を、臍《へそ》を…と、楽器に弦を張るように、入念に愛撫していった。……やがて、蕩けた蜜が鷹倉の固い下腹に透明な筋をつけはじめ、赤くしこった乳首を舌で撫でただけで甘い鳴き声を上げ、ビクンビクンと体を波打たせるまでにすると、片膝の裏を肩にかけ、恥じらうカズナの中で大きく、ゆっくりと律動をはじめた。

時間をかけて、鷹倉の手で快感の弦をピンと張り詰めさせられていたカズナは、打ち寄せてくる快感に身悶え、両手でクロスをかき寄せた。

「あ、あぁっ、ん、んっ、た、たかくらっ……鷹倉っ……」

片手を性器に添わせ、愛撫する。カズナは真っ赤になり、泣きそうになって首を左右に振った。

それでいて内側はねっとりと潤い、ピクピクと蠕動《ぜんどう》して、鷹倉の形を味わっている。揺すり上げると、細い腰に悦楽の震えを走らせるくせに、あと一歩のところへくると無意識に体を強張らせ、ブレーキをかけてしまう。後ろで深い絶頂を味わわされるのが怖いのと、侯爵に拒絶されたことの心傷が、恐らくそうさせるのだろう。

「鷹倉、あ、ああ……だめ、だめだっ……」

鷹倉の手を引っかいてしゃくり上げるのを、髪を撫で、唇を啄《ついば》んでなだめてやる。

「だめじゃない。もっとうんと感じていいんだ。おれも……感じてる。すごくいい」

うっすらと濡れた瞳が開いた。

「いい……？　いい……の、か？　鷹倉も……？」

射精《で》そうだ、と唸った。熱い汗が顎先からカズナの胸にぽたぽたとしたたり落ちる。カズナは、それを不思議そうに指先で掬《すく》うと、口を窄めてしゃぶった。細い指が唇のなかへゆっくりと沈み、

またゆっくりと引き出される。猥褻《わいせつ》な眺めに、加減を忘れて犯してしまいたい誘惑が駆けあがってくる。

「カズナ…っ……」

胸を合わせ、唇を求める。

舌を擦り合せ、軽く咬み、湿った音を立てた。重ねあわせた固い胸板から響いてくる、男の鼓動の速さ、力強さに、したたり落ちる汗に、そして自分を見つめる狂おしいような眼差しに酔ったように、カズナの体から力が抜けていった。もどかしげに、含ませた腰を揺らしはじめる。カズナ自身意識しないその稚《おさな》い誘いに、男は今度こそ遠慮なく、攻め陥としにかかった。頑丈なアンティークのテーブルは、ぎしりとも音を立てず、激しい律動を受け止めた。

しかし鷹倉は、最後まで、自分の快楽は後回しにした。繊細な楽器を扱うように丁寧にカズナの弦を弾き、弛《ゆる》ませ、また張り詰めさせ、羞ずかしさのあまり啜り泣き、そして次第に理性を失ってはしたなく求めてくるまま、何度でも好きなだけ昇り詰めさせた。そうして、死んだ男が刻み込んだタブーから、自分の形と愛撫で、解き放ってやりたかった。

この宵を、最後の夜を、カズナにとって最良の思い出にするために。何十年も、何世紀でも、忘れられなくなるように。

翌日は、いつもと変わらない朝だった。

鷹倉は定刻に起きて朝食の席で新聞に目を通し、丁寧にブラシを当てたコートを羽織って、一階のエントランスホールに降りた。運転手がすでに車を回して待機している。ただいつもと違っていたのは、カズナが見送りに姿を見せなかったことと、車の前に、夜勤明けの土屋が立っていたことだ。

カズナが珍しく寝坊していることを、なにも知らないメイドたちが訝ったが、鷹倉は起こさないように云って出てきた。空港へ向かう車は十一時に手配済みだった。

「カズナさんから事情を聞いたよ。今日出発するそうだね。空港まで見送ろうと思って」

ダウンコートを着た土屋は、樽が服を着ているように着膨れていた。

「そうか」

「行かせてしまっていいの?」

「いいも悪いもない」

旧友の、いつもの取りつく島もない冷淡さに、土屋は苦笑した。

「……うん、まあ、鷹倉がそのつもりならぼくが嘴《くちばし》を入れることじゃないんだが。ただ、カズナさんを遠くへやってしまうのは寂しいいんじゃないかと思ったんだ。この間食事に呼んでもらったときも、なんというか、二人ともとてもいいムードだったから……」

「あいつと寝た」

突然の告白に、土屋はぎょっとしたりはせず、冷やかしたりはせず、伸びかけた髭をかきながら「そうか……」と感慨深そうに頷いた。

「うん…なんとなく、そんな予感はあったんだよ。雪の日に二人がうちへきたときから。それに、鷹倉はずっとあの人に恋をしていたんだものなあ」

今度は、鷹倉がぎょっとする番だった。

「……なに？　恋……？」

「え？　だって、昼も夜も誰かのことが頭を離れないことを、恋っていうんじゃないのかい？」

「………」

「それなのに遠くへやってしまっていいの？　カズナさんはここにいたいんじゃないかな……」

「ばかを云うな。あいつは人間じゃないんだぞ」

斬り捨てるような強い口調に、さすがの土屋も眉をひそめた。

「鷹倉——いくらなんでも、それは……」

「あいつは化け物だ。だから、おれは必ず、あいつより先に死ぬ。おれが死んでからも、あいつは生き続けるんだ」

鷹倉は平板な声でくり返した。

「何年も、何十年も、何百年も、たった一人でだ。——それなのに、ずっとそばにいろなんて云えるか。そんな残酷なことができるか！」

「……鷹倉……」

どうしてそんなことが云える。

鷹倉が歳老いて、杖なしでは歩けないよぼよぼのじじいになり、冷たくなって墓碑に名前を刻まれたそのずっと後も、あの美しい化け物は、生き続けるのだ。周りに、彼の名を知っている人間が誰もいなくなってしまっても。気の遠くなるような長い長い時間を、たったひとりで——

「仲間のところで暮らしたほうがあいつのためだ。あいつにも、忘れると約束した。……もう別れもすませた」

鷹倉は、振り切るように車に乗り込んだ。土屋ももう引き止めなかった。シートに体を預け、固く目を閉じる。忘れられるはずがない。忘れられるはずが……。暖房を強くきかせた車内で、体の芯が、凍えるほど冷たかった。

◇◇◇

あれからおよそ四半世紀が過ぎ、宝石を食す魔女を探す広告は、いまだ一語句も変わらずに新聞に掲載され続けていた。面接は半年に一度程度に減ったものの、依然、応募者は増える一方だ。

膨大な応募書類を管理し選考している秘書は、亡き老執事の孫である。最後の晩餐《ばんさん》の給仕をしてくれた当時は学生だったが、現在は二児の父親だ。土屋は後進の教育に当たりながら悠々自適の生活をし、立会人を続けてくれている。

「また、魔女を囲うつもりなのですね。言い伝えを信じる気持ちになったのですか？」

長い長い話に、黙って耳を傾けていた若いダンス教師が尋ねた。鷹倉は、机の下に寝そべったまま、かすかな苦笑を浮かべた。

「いいや。そんなものは信じてないし、囲うなんて気持ちはさらさらない」

「では、なぜ？　お金も手間もかかるでしょうに」

「……証《あかし》だよ」

そう――あれは、証なのだ。

カズナが身を寄せた元侯爵令嬢は、十数年後に病没し、二人の魔性のそれ以後の消息は知れない。どこかの富豪に引き取られていったらしいことまではわかったが、鷹倉はあえて足取りを追おうとはしなかった。代わりに、一度は中断していた新聞広告を、再びはじめた。

遠い遠い空にいる美しい魔物は、いつか、どこかで、あの記事を目にすることがあるだろう。

寝ぼけ眼《まなこ》で朝刊を開き、愚かなひとりの男が、約束を破ってまだ自分を忘れられずにいることに、困ったふうに微笑むだろう。そして、この空の下の遠いどこかに、彼を想う男の存在を、感じるだろう。

鷹倉が死んだずっとあとも、財団がある限り、記事は掲載され続ける。それは、鷹倉の唯一の遺志——遺言だった。

「それは、ひとりよがりとは云いませんか？」

「……やなことを云うやつだな」

鷹倉は舌打ちした。だが、そうかもしれない。

カズナは未練たらしい男のことなどとうに忘れてしまっているかもしれないし、記事を目にするたびに、過去の忌まわしい記憶を掘り起こして、不快に思うだけかもしれない。その可能性を考えなかったわけではない。それでも続ける決意をしたのは、もしいつか、あのやさしく美しい魔物が暮らしに貧窮したとき、いつでもここを頼ってこられるように——できるならばその道《みち》標《しるべ》となれと、思ったからだ。

「……やはりあなたは、ひとりよがりだ」

青年教師は、憤慨したように、溜息をついた。

「カズナがどう思うか、ちっとも考えていない。そんなふうに別れた相手が、また魔女を探しはじめてごらんなさい。わたしならこう思いますね。——ああ、あの人は、どうやらまた魔物を囲うつもりらしい。魔物ならわたし以外でも構わないわけか。薄情な人だ。あのときだって、抱いてはくれたけれど、引き止めてもくれなかった。狂おしいほど想って過ごしているのは、わたしだけだったんだ……と」

「ばかを云うな、忘れろと云ったのはあいつの方だぞ。それに……あいつが愛しているのは侯爵だった。おれを好きだとは云ったことはなかった……一度もな」

「それは……」

青年は、なにかを云いかけて、口をつぐんだ。そしてこう云った。

「あなたの退屈なお話を聞かせてもらったお礼に、わたしのことをお話しましょう」

「……」

「実は、わたしがダンスを教えているのは、ある人に、復讐するためなのです」

身の上話など聞きたくない、と追い払おうとした鷹倉だったが、復讐――という符号に、興味をもち、黙って聞くことにした。

「わたしは、その人に出逢うまで、恋をしたことがありませんでした。……でも、その人とは結ばれなかった。本当は、別れるのは辛かったけれど、わたしがそばにいると、顔を見るたびに、その人は自分を責めずにいられない……そんな辛い思いをさせたくなかったから。だから、わたしのことは忘れてほしいと云ったのです」

「……」

「でも辛かった――とても。自分から忘れてと云ったのだから、二度とわたしから会いに行ってはいけないのだと……何度も自分に言い聞かせて、それでも寂しくて、苦しくて。会いたくて会いたくて……毎日、身を削られる思いで。なにをしていても、その人のことを思うだけで胸が苦しくなって……。恋なんて知らなければよかったと、何度思ったことか。新聞を貪り読んでは、その人に関係する記事が出ていないか、片隅に小さな写真でも載っていないか、毎日毎日……。寝ても醒めても、その人のことばかりだった」

青年は、長い長い溜息をついた。

「社交界でも、彼のことはたびたび噂になりました。魅力的な独身の富豪だったからです。彼の気持ちをとかすのはどんな女性だろうと、皆注目していました。……わたしは、少しうぬぼれていました。彼もわたしと同じように想ってくれているのではないかと。……十数年ほどして、身を寄せていた家の女主人が亡くなりました。でも彼の会社から立派な花と形式的な弔文《ちょうぶん》が届いただけで、葬儀には来てくれなかった。……それでもまだ、彼を信じていた。けれど――」

「……」

「ある朝、新聞を開いて、そんな気持ちは打ち砕かれました。あの人は、変わってしまった。わたしだけを探していたのではなかった。わたしと同じ種族だったら、なんだってよかったのです」

鷹倉は、机の裏側の一点を見つめた。心臓がどきんどきんと乱打している。

まさかこの青年は――いや、そんなことはない。――ここにいるはずはない。

「うぬぼれていた自分が恥ずかしくて、死んでしまいたかった。わたしばかりこんなに身を焦《こ》がして、あの人は平然としている。そう思うと、今度は――憎くてたまらなくなった」

「……」

「復讐してやろうと、わたしは決心しました。まず、ダンスで身を立てることにしました。わたしを寄生虫だと罵《ののし》った男を見返してやるために、その男の苦手なもので立身出世を誓ったのです。もともとボランティアや社交界で親交があったおかげで、すぐに王室にも出入りを許されるまでになりました。……どんな復讐をしてやろうか、寝床で考えるのが、唯一の愉しみでした。身も心もわたしの虜《とりこ》にしてから、手酷く捨ててやろうと……寝ても醒めても、わたしのことしか考えられないように……頭も胸も、わたし以外のことはなにも入る隙間がないように――」

また長い溜息をつく。

「都合のいいことに、彼が王室主催のパーティに招待されました。でも、来たのは代理人でした。そこで親交のあった王室のひとりに、ぜひわたしを紹介してくださるようお願いしたのです。そして今日……ようやく念願が叶った」

「……」

「けれど、来るのではなかった」

青年の声が尻上がりに高くなっていき、上ずった。その言葉がいつの間にか日本語になっていたことに、いまさら鷹倉は気づいた。

「自分のほうが先に死ぬから？　だから？　それがどうだというんだ？　どんな動物も、長く連れ添えば、どちらかが先に死ぬのは生命の当然の理《ことわり》だろう。わたしをひとり置いていくのがかわいそうだと思うのなら……だったらどうして、共に過ごせないことの辛さを思いやってくれないのだ、わたしの意見を聞きもしないで……！」

「…カ……！」

がばっと身を起こした鷹倉は、額をしたたか机の裏にぶつけて、目から火花が出た。目の前に、くり返し夢に出てきた美貌があった。彼は、頭を押さえて声もなく呻くみっともない男の姿を見ても、にこりともしなかった。ただ冷え冷えと見下ろしていた。

その美貌は、四半世紀前と寸分違わず——いや、ますます輝きを増したようにさえ思える。額の痛みなど消し飛んでしまった。目の前で真珠を初めて食べてみせたとき以上の奇跡を、鷹倉は、ただ見つめていることしかできなかった。触れたら、この幻が消えてしまうというように——

「わたしが、侯爵を愛してる？　一度でもそう云ったか？　云ってもいない言葉が聞こえたというのだったら、仕事のしすぎか、酒の飲みすぎだ」

眸《ひとみ》はいっぱいに涙を湛え、唇は怒りで震えていた。それすらも見とれるほど美しいのだ。カズナは、ほうけたように自分を見つめている鷹倉を、きつい眼差しでにらみつけたまま、火を吹くように云った。

「……鷹倉だって、一度も云わなかったじゃないか。わたしを、好きだなんて……っ」

「……カズナ……」

カズナは、下唇を嚙み締め、しばしじっとして動かなかった。だがやがて、なにかを振り切るように、すっくと立ち上がった。

「あなたのお話はよくわかりました。わたしはこれで帰ります。思い出のなかだけに生きたいのなら勝手にしなさい。パーティで壁のシミになりたければ、それもどうぞご随意に」

カズナ——としわがれた声で呼ぶと、涙をこらえた顔で振り向いた。

「なんです。レッスンを受ける気持ちになりましたか」

「……どうか、おれを赦してくれ」

「……」

「おれは、幸福になるわけにはいかないんだ。だから結婚もしなかった。子供も作らなかった。母の無念、妹の辛苦、そして父の大罪を、墓に入るまで背負って生きると決めた。だから……」

いや——ちがう。それは違う。詭弁《きべん》だ。鷹倉はかぶりを振った。

「もし……もしもあの頃……二十五年前におまえの本当の気持ちを知っていたら、なにを捨てたって追いかけた。……だがもう、世間なら孫の二人や三人いる歳だ。こんな歳になって——」

それを聞いて、ますますカズナは憤った。

「年齢がなんだというんだ。わたしが幾つか知っているだろう？　ずっと歳下のくせに。鷹倉なんて、わたしの目にはほんの少年のようにしかみえない」

そうではない——と、鷹倉は片手で瞼の上を覆い、かぶりを振った。

「そうじゃない。……おれは……もう、誰も失いたくないんだ」

「……」

「大切な人は、誰もかもおれをおいていってしまう。母も、妹も——父もだ。去年は執事を亡くした。吉野も逝ってしまった。それがおれの運命なら仕方がない。——だが、おまえだけは……」

苦しげに大きく胸板が喘ぐ。

「忘れたことはなかった。片時も——一秒も」

「……」

「……だめだ。この歳になってもまだ、おれはおまえを失うのが恐ろしい。暗闇の中で突然目が醒めて、名前を呼んでも誰も応えない。呼んでいるのが自分の名前なのか、これが現実なのか夢なのか、それすらわからなくなってくるんだ。おまえに、そんな思いを味わわさせるのも恐ろしいんだ……っ」

「……鷹倉……」

そっと、カズナが枕もとに膝をつく気配がした。

「…鷹倉……目を開けて……？」

カズナは、顔の上から男の手をやさしく取り除け、上から逆さまに覗き込んできた。

そして唇が、ゆっくりと重なってきた。小鳥のように啄《ついば》み、擦り合せ、吸いつく。そうして存分に相手の体温を確かめると、カズナはようやく唇を離したが、今度は鷹倉が手を伸ばし、唇を求めた。顔のほっそりとした輪郭を、わずかに震える指先でたどる。幻のような美しい顔は、だが、触れても消えはしなかった。

この耳の形も、顎も、頬も……すべらかな皮膚のぬくもり、くり返し夢に見た。なにひとつ変わっていない。変わってしまったのは、その頬をたどる手指の皺の数だけだ。

カズナは、老いに差しかかった男の手を、あたたかい手で包み、愛しむように自分の頬に押し当てた。その無骨な指を伝って、カズナの眦からこぼれ落ちた透明な涙が、流れ落ちた。涙は真珠にはならないのだなと、鷹倉はべつのことを思った。

「……鷹倉……。……わたしは、人間じゃない」

「………」

「人間じゃないから、もしも鷹倉を喪《うしな》ったとしても、悲しくはない。繊細な心は持ちあわせていないから、そんなことで悲しんだりしない。……でももし、ひとりで逝くのが寂しいなら、お願いして、わたしも一緒にお墓に入れてもらおう。だいじょうぶ、人間でないものを一緒に焼いたって、誰も咎《とが》められたりはしない」

無理を云うな……そんなことをさせられるものか……、と思ったけれど、喉はもう震えるばかりで言葉にならない。カズナは、男の左の眦にある小さな古傷に、撫でるようにそっと唇を当てた。

「……なにも心配いらない。わたしなら、鷹倉をひとりにしたりしない。十年でも、二十年でも、百年でも……もう顔を見飽きたと云われたって、ずっとそばにいるよ」

溢れてきた透明なもので、カズナの微笑みが滲み、ぼんやりと霞んだ。拭いもせず、頬を濡らすに任せる涙を、カズナがやさしく唇で吸い取る。

そこへ、書斎に偶然入ってきた土屋が二人の姿を見て驚き、後ろから入ってこようとした秘書を押しとどめて、廊下へ出ていった。ダンスのレッスンが……先生が……と言い合う声が聞こえていたが、やがて静かになった。冬の短い陽が翳《かげ》るまでのひととき、二つの影は、そうして静かに吐息を重ねあっていた。

「旦那様の柩《ひつぎ》にお入れするのは、本を読むときにいつも使ってらした眼鏡と、杖と、それから真珠百粒でよろしいのですよね？」

「ああ、そうだ。真珠はベルベットの巾着に入っているから、特に忘れないように。カズナ様の分身として、三途《さんず》の川まで持っていきたいという旦那様のご遺言だからね。それから、カズナ様のお部屋へ行って、支度が調《ととの》ったらロビーに降りてくるようにお伝えしてくれ。そろそろ霊柩車が到着する時刻だから」

「わかりました」

秘書は、喪章をつけたメイドに指示をすると、また忙しげに行ってしまった。昨日から睡眠も食事もとる暇もなく慌ただしくしているので、眼鏡の奥の目が真っ赤に充血していた。

邸中、どこへ行っても喪服姿の客人や使用人がいて、まるで烏の群れだ。春の陽差しだけが、深い悲しみに澱んだ邸のなかをのどかに照らしている。

メイドは、一階のもっとも陽当たりのいい部屋の扉をノックした。しかし返答がない。昨夜は、突然亡くなった主人のそばに一晩中付き添っていたそうだから、疲れて眠り込んでしまっているのかもしれない。わが身の半分をなくしてしまったかのようなその嘆きと悄然《しょうぜん》とした様子は、誰もが胸を打たれ、涙を誘われずにはいられなかった。

今朝、喪服の支度を手伝った際に、少しだけでも召し上がってくださいと紅茶と菓子を出したのだが、ありがとうと無理に微笑まれただけで、手をつけようとしなかった。たった一晩でやつれてしまい、顔色など、主人の柩に敷き詰めたトルコ桔梗《ききょう》よりも白いくらいだった。

それを思ってまた涙が溢れそうになったが、しかしぐずぐずしていては、柩を送り出す時刻になってしまう。斎場へは、カズナや先ほどの秘書をはじめ、主人の大勢の部下たち、ご友人などが見送りに行き、邸には数人のメイドが残って留守を守ることになっていた。生前から、万一のときは葬儀は質素にと云われていたので、今日は親しい人間だけの密葬となり、日を改めて鷹倉グループの創始者として相応《ふさわ》しい社葬が執り行われるのだ。

主人の鷹倉には親類がなく、家族と呼べるのは、一緒に暮らしていたカズナという美しい青年だけだ。鷹倉の孫ほどの年齢だが、二人は夫婦同然の暮らしをしていた。

はじめは面食らったが、二人の姿にはちっともいやらしさがなく、手を繋いで散歩をしたり、中庭で睦まじく花を愛でている様子は、むしろ誰もがうらやむほどに微笑ましかった。そして不思議なことに、カズナのほうが鷹倉老よりずっと分別じみたところがあり、どうかすると彼のほうがずっと年上に感じられることさえあった。それでいて、どことなく子供っぽいところもあり、誰からも愛されていた。

鷹倉はかつては仕事の鬼と呼ばれたそうだが、晩年は声を荒げたこともなく、恵まれない子供たちへのボランティア活動に力を注いでいた。使用人たちにも家族のように分け《わ》隔《へだ》てなく親しくしてくれ、彼らもまた自分の主人の人柄を愛した。

八十七歳まで風邪ひとつひかず、亡くなる前の晩も、いつも通りに食事を摂り、十一時に就寝の挨拶をしたのだ。――まさに眠るように、安らかに逝ったことだけが、せめてもの心の慰めだろうか。穏やかなお顔だった。苦しんだところはちっともなかった。

いけない。ちゃんとしなくては。一番お辛いのはカズナ様なのだから。わたしが泣いている場合じゃないわ。亡くなられた旦那様にも叱られてしまう。

また潤んできてしまう目もとを急いで拭い、カズナ様、失礼します、と声をかけながら入っていくと、開けはなった窓の風でひらひらと白いカーテンが波打っていた。

窓を閉め、天蓋付きのベッドを覗いたが、横になった跡もない。お風呂かしらと浴室をノックしたが、やはりそこにもいなかった。ただ、なぜか椅子のところに、今朝支度を手伝った喪服が脱ぎ捨てられていた。

手に取ってみると、不思議なことに、白いワイシャツの袖はきちんと上着の袖に通してあり、ボタンもかかっていて、ネクタイも締めてある。スラックスのボタンもかかったまま。靴下と靴も、行儀よくセットされていた。まるで、蝉の抜け殻だ。どうしてこんな奇妙な脱ぎ方をされたのだろう?

「……あ」

と、服の中からなにかが滑り落ちて、カツーン…と床を鳴らした。鈴のような、とても美しい音色だった。手の平に拾い上げると、どこに入っていたのか、傷ひとつない大粒の真珠である。かすかにクリームがかった光沢。メイドはその美しさにうっとりして、ハンカチで大切に包んだ。

それを持って廊下へ出ていくと、秘書が葬儀社の人間と打合せをしていた。

「カズナ様は部屋にいらっしゃらないのか？　よく探しなさい、勝手に出ていったはずがないんだから」

「はい、お庭を見てきます。あ、そういえば……」

洋服の不思議な脱ぎ方のことを話そうと思ったが、忙しい秘書は次の打合せに行ってしまった。

メイドは、主人の柩が安置されている居室へ入っていった。部屋中、白い美しい花で飾られ、むせ返らんばかりだ。柩もまた立派なものだった。

その前に膝をつくと、メイドは、生前の愛用品である紫檀《したん》の杖と眼鏡、真珠を入れたずっしりと重い巾着を柩に入れた。それから、先ほどのハンカチを取り出し、美しい大粒の真珠を、背広の胸ポケットにそうっと忍ばせた。

深い眠りについた主人の顔は安寧で、深い皺が刻まれた口もとは、まるで微笑んでいるようにさえ見えた。メイドは、どうしてもまた潤んできてしまう目もとをハンカチで拭うと、カズナを探すために、中庭に出ていった。霞がかった春空に、あたたかな風がにわかに一陣吹いて、薄いカーテンがひらりとはためいた。

11月の花嫁

一顕《かずあき》が帰ってきたことは、門の前に停まるハイヤーのエンジンの音でわかる。

視力を失ってから、物音や人の気配に、以前では考えられなかったほど敏感になった。車は彼を降ろすと、ゆっくりと走り去る。やがて玄関ドアの軋《きし》む音がし、階段を上ってくる靴音……廊下をまっすぐにこの部屋にやってくる、彼の気配。

「……お帰りなさい」

雨宮《あまみや》は戸口に顔を向けた。ドアが開いたことは、物音と空気の流れでわかる。

「久々の下界はいかがでした。息抜きはできましたか」

「……その云い方、皮肉のつもり？」

ひと月ぶりの外出で慣れない神経を使い、気が昂《たかぶ》っているのだろう。一顕は少し不機嫌そうに、買い物袋かなにかをテーブルにどさりと置いた。

「留守の間、なにか変わったことは？」

「いいえ。特にありません」

「……来客は？」

雨宮はかすかに口もとを歪《ゆが》めた。この五年、荒れ果てた屋敷の敷地に足を踏み入れたことがあるのは、秘密を知る医者と弁護士だけだ。第一、この体で、どうやって来客がわかるだろう。

「あっても、玄関まで出迎えられませんよ」

足首を繋《つな》がれた金色の長い鎖を、しゃらん…と鳴らす。

「……そうだね」

一顕が窓辺に立ったのが気配でわかった。雨宮の右頬《ほお》を照りつけていた陽差しがサッと翳《かげ》る。

五年前の記憶に違いがなければ、この部屋の窓からは、美しい湖と森が見えるはずだった。

「今日は夕焼けがきれいだ。湖が、すごいオレンジ色に染まってる。紅葉はもう終わりだね。昨夜の雨で、ほとんど散ってしまった……」

雨宮も窓に目をやった。紅葉の季節が終われば、なにもない冬がやってくる。湖にやってくる鳥さえも、春まではもっと北に旅立ってしまう。湖に舞い降りる小さな白い鳥。閉じた瞼《まぶた》の裏にその姿を追う。

一顕が、そっと椅子《いす》に寄り添う気配がした。

「……ぼくが憎いだろうね」

「………」

「だまされて、光も自由も奪われて、地位も将来も……恋人も、友人も、失って。ぼくが憎いだろう。憎んでいるんだろう？」

一顕の指がそっと頬に触れた。

光の見えぬ自分には、心の中に鳥がいる。だが彼には——彼の心を、いったいなにが慰めるのだろうか。

雨宮は彼の手を取って、指先にくちづけした。

「……ええ。憎んでいます」

「……」

「あなたが憎めとおっしゃるのなら。わたしは従うだけです。……あなたの命令に」

一顕は黙った。そしてしばしの沈黙のあと、吐き捨てるような呟《つぶや》きが聞こえた。

「……犬」

第一幕

まるでミルク瓶の底に落ちたみたいだ。

びっしりと深い霧に覆われて、伸ばした手の先すら見えない。あたり一面、白く濁った冷たい闇。木々の梢《こずえ》も、絡みつく細い藤蔓《ふじつる》も冷たい露《つゆ》を含んだ下草も、なにもかも色彩を失っている。立ち止まって振り返ると、たった今かき分けてきたはずの道は、すっかり霧のカーテンに閉ざされてしまっていた。

ツイてない。敏行《としゆき》は舌打ちして、背中の荷物を背負い直した。

自慢のカワサキの五〇〇CCも、エンジンが動かなければ、ただの鉄の塊《かたまり》だ。しかもこのぬかるんだ山路！　湖畔《こはん》沿いの路は舗装されているのだが、歩道もないし、この霧だ。バイクを押しながらのこのこ歩いていたら車に撥《は》ねられてしまう。

霧は冷たく体にまとわりついて、徐々に体温を奪いはじめている。バイクは重いし、腹は減ったし、足は棒みたいだし寒いし眠いし……。こんなことになるなら、姉の忠告を聞くんだった。重いバイクを押して、泥だらけのスニーカーで悪路を踏みしめながら、敏行は、後悔の溜息《ためいき》をついた。

「バイクで佐奈湖《さなこ》へ？　あんななんにもないところ、今頃なにしに行くっていうのよ」

大学を目前にした撮影旅行の旅費のカンパを申し込んだ敏行に、いつも気前のいい姉は、なぜかいい顔をしなかった。

「湖を撮りに行くんだよ。ちょうど紅葉の時期だからさ。源流を溯《さかのぼ》って滝を見てくるのもいいかなって。姉貴、前に行ったことあるんだろ？」

「前の会社の上司が別荘を持ってたからね。けど、あんな山奥、行ったってなにもないわよ？夏はすばらしい避暑地だけど、この時期は……」

もと大手商社の重役秘書だった彼女は、ボスの旅行に同行することも少なくなく、特に国内の別荘地については観光屋負けの情報を持っている。

「あそこは気流の関係で、冬でも雪はそれほど積もらないかわり、この時期は霧が深いのよ。こうやって腕を伸ばしたら指先が見えないくらいになるんだって。森も深いし迷うと危険だから、地元の人だって近づかないのよ。それにもともと古くからの別荘地で、私有地や私道が多いから、シーズン中でも観光客が行かないし……」

だからいいんじゃないか、と敏行は言い張った。人が少ないに越したことはない。踏み荒らされていない自然が撮れるのなら、霧がなにほどのものか。さっさと旅支度をしてしまった弟に、姉は出発の朝になってしぶしぶ旅費をカンパしてくれたが、彼女が心配しているのは旅の行き先ではなく、敏行の一人旅なのだった。

ナーバスの原因はわかっている。旅先で謎の失踪《しっそう》を遂げた恋人のせいだ。雨宮という男だ。姉の会社の若い重役で、弟の贔屓《ひいき》なしに見ても、美男美女のカップルだった。無口な男だったが声はバリトンの美声で、敏行の進路の悩みなども熱心に聞いてくれ、的確なアドバイスを与えてくれた。この男が義兄になるのなら悪くない、などと考えていたものだ。

姉もプロポーズを待っていた。母親にこっそり、父親と彼を引き合わせる算段を相談しているのを聞いたことがある。

その男が、五年前の秋、旅先で失踪した。

収賄《しゅうわい》に絡んだスキャンダルによる失脚。エリート社員の失意の失踪だと、誰もが噂《うわさ》した。傷心の姉は、会社にも居づらくなって退職した。その後友人の誘いで小さな雑貨屋をはじめ、新しい恋人もできてのびのびと働いているけれど、あのときのトラウマは完全には癒《い》えていないのだ。

舗装路と平走していると思っていた山道は、どこで間違えたのか、次第に森深くへと敏行を誘い込み、やがて、先細りの獣道になっていた。すれ違う車も、人気のある人家もない。いよいよ野宿か。途方に暮れて空を仰いだ視界に、ぼんやりとした丸い光が飛び込んできた。

家の灯りだ。

急いでリュックを背負い直すと、鬱蒼《うっそう》とした茂みをかき分けながら、そのわずかな光に向かって進んでいった。小枝がピシッピシッと彼の頬や肩を打ち、冷たい露をまき散らす。果たして、林の切れ間に忽然《こつぜん》と現われたのは、古めかしい二階建ての洋館だった。かなり荒れた感じではあるが、二階の窓から確かに灯りが漏《も》れている。

救われた思いで、錆《さ》びつきかけた重い門扉《もんぴ》を動かした。

「ごめんくださーい！」

玄関の円柱には冬蔦《ふゆつた》がびっしりと絡みついていた。敏行は夢中で、いかめしい扉を叩《たた》いた。

「ごめんください！　すみません、誰かいませんか！」

嗄《か》れるほど声を張り上げたが、物音も、人の気配もしない。あの灯りは見間違いだったのか——

——不安になりかけたとき、内側で、錠を外す音が聞こえた。

用心深く、わずかに開いた扉の向うで、蠟燭《ろうそく》の炎が揺らめいた。

「夜分すいません。道に迷っちゃって……悪いんですけど、電話貸してもらえませんか」

「……電話はありません」

応えたのは、心臓がヒヤリとするような、冷たい若い男の声だった。

軋む音を立てながら、扉が、今度は半分ほど開く。敏行は、ハッと息を飲んだ。

夜目にも鮮やかな美貌が、蠟燭の淡い炎の中に、あやしく揺らめいていた。

きめ細かなミルク色の膚《はだ》。両手で包み込めそうにほっそりとした頰。彫ったような鼻梁《びりょう》。溜息も甘い、なまめく薄桃の唇。切れ込みの深い眦《なまじり》の、アーモンド型の二重——磨《す》りガラスのような瞳が、東洋人離れした明るいはしばみ色に見えるのは、手に掲げた燭台《しょくだい》の蠟燭のせいだろうか。絹のシャツを纏《まと》う薄い肩に、やわらかに垂れる胡桃《くるみ》色の長い髪、白鳥のようにすんなりとした首…。

あまりの美貌との邂逅《かいこう》に半ば茫然《ぼうぜん》としている敏行を、青年はけぶる瞳で一瞥《いちべつ》し、門扉の外をすっと指さした。

「街へは、その道を左へ……三十キロほどで国道に出ます」

三十キロ！　敏行は膝《ひざ》からへたり込みそうになった。

「あの……おれ、バイクで東京から来たんですけど、実はこの先でエンストしちゃって。雨が止《や》むまで、ちょっと休ませてもらえないですか？　玄関先でかまわないんで」

しかし相手の対応は冷たかった。

「お貸しできる部屋はありません。お引き取り下さい」

「あ…あの、じゃ、すいませんけど、水を――」

みなまで云い終えぬうち、扉は目の前で無情に閉じた。錠を下ろす重い音がガチンと響く。その後は、いくら扉を叩いても、固く閉ざされた分厚い扉は二度と開かなかった。

「くそっ、なんだよ、ケチ！」

罵《ののし》って扉を蹴飛ばす。分厚い楡《にれ》のドアに、スニーカーの泥がべったりついた。

しかたない。これだけの別荘だ、裏庭に納屋のひとつやふたつあるだろう。こっそり潜り込ませてもらおう。こんな霧の中、しかも夜中に、空きっ腹抱えて三十キロも歩けるか、畜生。

悪態をつきながら再び雨の中に出た敏行は、館の裏手に煉瓦《れんが》の階段を見つけた。二階のバルコニーにつながっており、そこには幸い、夜露をしのげそうな屋根もある。

足音を忍ばせて階段を上っていった。長いこと使われていないらしく、苔《こけ》がびっしりと密生し、靴が滑る。

ようやくリュックを下ろし、タオルで濡《ぬ》れた顔を拭《ぬぐ》いながら、ふとバルコニー続きの真っ暗な室《へや》の中を覗《のぞ》き込むと、手をついたガラスが、かすかに開いた。鍵をかけ忘れたらしい。

荒れた部屋だった。

豪華な天蓋《てんがい》つきのベッドの下に、深い緑色の絨毯《じゅうたん》が敷いてあり、高い天井から小さなシャンデリアが下がっている。煉瓦の暖炉のそばには、天鵞絨《ビロード》張りの肘《ひじ》掛《か》け椅子。持ち歩いている小型の懐中電灯で照らしてみると、金の房飾りがついたカーテンも、ベッドカバーも、本物の絹なのがわかる。

しかし、どうやら長く使われていない室らしく、上等の家具には、何年も誰も手を触れていないかのように厚く埃《ほこり》が積もっていた。シャンデリアには蜘蛛《くも》の巣。カーテンはあちこち虫喰いだらけで、歩くと絨毯からもうもうと埃が舞い、めったに風も通さぬのだろう、空気は黴《かび》臭く、冷たく澱《よど》んでいる。広い館だから手入れが行き届かないのも無理はないが、まるで幽霊屋敷だ。

荒れ果てた洋館、深い霧、燭台の明かりに、絶世の美青年、か。まるで安いホラー映画の出だしだな。昔話なら、旅人に宿を勧める庵《いおり》の美女は、狐か山姥《やまんば》と相場は決まっているが。

一人で住んでいるんだろうか？　別荘地だから、住んでるとは限らないか。紅葉狩りにでも来たのか…。ヒヤリとするような、それでいて胸がざわつくような、不思議な声。それに、あの美貌……まるで、夢に出てくるような……。

ぐーっと腹の虫が鳴った。敏行は苦笑いした。

なにかないかとリュックを探ると、喉飴《のどあめ》が出てきた。とけて銀紙にくっついているが食べられないことはない。

だが、その場しのぎに口に入れたのが、かえってマズかった。ひどく喉が渇いてしまったのだ。

朝までの我慢…とはいえ、ないとなるとよけいに渇く。

眠ってしまえと思っても、腹の虫は鳴りやまないし、おまけにこの埃臭い空気のせいで咳《せき》が止まらなくなってしまった。

寝袋の中で悶々《もんもん》としていたが、意を決して起き上がった。水だけ。それと、もしあれば、ほんの少しの食料だけ。

扉をそっと開け、細い隙間《すきま》から、真っ暗な廊下を窺《うかが》ってみた。長い廊下は不気味なほど静まり返っている。そこらの暗がりに、なにか、物の怪の類いでも身を潜めていてもおかしくないような、妙に湿ったにおいが漂っている。

靴を脱いで、足音を忍ばせ、廊下の曲がり角まで来たときだった。コツ…コツ…と、階段を上ってくる足音が聞こえ、敏行は飛び上がった。

足音は、先ほどの美青年だった。蠟燭の灯りで、壁にシルエットがゆらゆらと揺らめく。まさか暗がりに人が身を潜めているとは思いもしないのだろう、彼は侵入者の気配に気づかず、ドアへと消えていった。敏行はホッと胸を撫《な》で下ろした。

一階の厨房《ちゅうぼう》で水にありつき、冷蔵庫のウインナーを胃袋に収めてようやく人心地ついた。再び足音を忍ばせて階段を上っていくと、先ほど美青年が消えたドアから、廊下に光が漏れている。扉がきちんと閉まっていなかったのだろう。ほんの好奇心から、その光に吸い寄せられた。覗き見た部屋の様子は、先ほどの二階とはずいぶん違った。床には毛足の長い真っ白な絨毯が一面に敷き詰められ、飴色の優美な調度が並べられている。奥に置かれた天蓋つきの大きなベッドには、上等な羽布団。暖炉は赤々と燃え、そのそばに紺色のガウンを纏った男が、どっしりとした安楽椅子に座っていた。

あの美青年の姿はなかった。風呂でも使っているのか、左手から水音が聞こえる。安楽椅子の男は、体を斜めにして肘掛けに頰杖《ほおづえ》をついていて、高い鼻梁しか窺えない。体格から、まだ三十代そこそこの印象だった。

水音が止んだ。目が覚めたように頰杖をはずした男の顔がシャンデリアの明かりに露《あらわ》になったとき、敏行は、あッと叫びそうになった。

高い鼻梁、眉のしっかりした、端整な顔立ち……五年前に比べれば、ぐっと痩《や》せて面窶《おもやつ》れしているが、あれは……！

「……あ……！」

思わず、ドアに手をかけた。

そのとき、あの青年が、銀の水差しと洗面器を手に左手のドアから入ってきた。

青年は安楽椅子の脇に小卓を寄せると、男の胸にタオルをかけ、シャボンを泡立てた。そして男の顎《あご》に塗りつけると、剃刀《かみそり》を当てて、危なげない手つきで髭《ひげ》を当たりはじめた。馴《な》れているらしく、男はリラックスしたように目を閉じ、されるに任せている。

心臓が、苦しいほどどくどくと激しく脈打った。

よくよく確かめなければ。他人の空似ってこともある。だが――もし彼が、敏行のよく知る男ならば、なぜこんな場所にいるのか。ドアの隙間にますます顔を寄せ、目を凝《こ》らした。

ゆっくりと剃刀を動かしながら、美しい青年が訊《き》いた。

「明日、街へ買い物に下ります。なにか欲しいものがあったら云って下さい」

男が、目を閉じたまま応える。

「いいえ。……なにも」

その、響くバリトンに、敏行は確信した。間違いない。あれは雨宮だ。五年前失踪した、姉の恋人……！

「お酒は？」

敏行の食い入る視線に気づかず、重ねて、青年が尋ねる。

「いいえ」

「じゃ…煙草《たばこ》」

「いいえ」

「牡蠣《かき》でも、取り寄せましょうか。好きでしょう？」

それにも否と答えた雨宮に、青年の美しい貌《かお》に、迷子の子供のような、突き放され、途方に暮れているような表情が浮かんだ。

敏行は、ジリジリと二人をにらみつけていた。飛び込んでいって問い質《ただ》したかった。なぜこんなところにいるのか。五年前、どれほど姉が苦しんだか。それを思うと、目の前で使用人にのうのうと髭を当たらせている男に、腸《はらわた》が煮えくり返った。

髭を当たり終えると、青年は、絞ったタオルで雨宮の顔についた泡を丁寧に拭った。

「そういえばさっき誰か訪ねてきたようですが。……お客さまですか？」

「ただの旅行者です」

あのヒヤリとする声で、青年は云った。

「道に迷ったとか云っていました。一晩宿を貸して欲しいと。帰ってもらいましたけれど」

「追い返したんですか？……霧が出ているでしょう。泊めて差しあげたほうがよかったのではないですか?」

するとf、革のケースに剃刀を仕舞っていた青年は、鋭く雨宮をにらみつけたのだ。

「この家の主《あるじ》はぼくだ。客を泊めるかどうかは、ぼくが決めます。犬が口を挟むことじゃない」

犬、とはっきりと青年は云った。声にはあからさまな侮蔑《ぶべつ》と、怒りがこもっていた。

口を噤《つぐ》んだ雨宮の横顔を、じっと凝視《みつ》めていた青年の目が、ふいに奇妙な色を湛《たた》えた。

「それとも、あの男……あなたが呼んだの?」

「わたしにそんな真似ができるはずがない。……そんなことは、あなたが一番よくご存じのはずでしょう」

「どうかな。あなたは油断ならない人だから」

青年は冷たく云い、椅子の前にゆっくりと跪《ひざまず》くと、彼のガウンの紐《ひも》をほどいた。前をはだけ、手の平を滑らせるようにして、両脚を開かせていく。

目の前の思わぬ展開に、敏行はたじろいだが、しかし、少女のような可憐《かれん》な唇が、雨宮の猛《たけ》りをくわえ込むのを見たとき、まるで自分がそうされたような強い衝撃が脳髄を痺《しび》れさせ、動けなくなった。

ゴクリと、生唾を飲む。

青年の美しい指が、男の胸を這《は》い、淫《みだ》らな仕草で乳首をいじりはじめる。雨宮は首を振り、青年の頭を摑《つか》んだ。

「……いけない。…およしなさい。あなたの口が、汚れる…」

退けようとする男に、青年はピンク色の舌を伸ばして、執拗《しつよう》に食らいついていく。

「命令だ。飲ませろ。全部ぼくの口の中に出せ。……飲みたい……あなたの……」

頬をすぼめ、淫らな音を立てて、味わうようにしゃぶっている。恍惚《こうこつ》としたその顔に、敏行は思わずジーンズの股間を手で押さえた。

絞るように強く吸い上げられ、雨宮の顔が歪む。快楽というよりは、むしろ、苦痛をこらえているような顔だ。

「…く…っ」

雨宮が、呻《うめ》きながら背をのけぞらせて達すると、青年は彼の欲望を飲み込んだ。ゴクリと嚥下《えんか》する音が、ここまで聞こえてきそうだった。

離した唇から、ツ…と精液の糸が引く。

射精はまだ終わってはおらず、青年の美しい貌を、二度三度と飛沫《しぶき》が汚した。

脱力し、大きく喘《あえ》ぐ男の胸を、唇が這う。細い指は肉茎にからみつき、尚も搾り取るかのようにしごいている。

雨宮は、息を吐きながら、背もたれに頭をもたれる。その視線が、ドアの隙間の敏行を捕らえた。見つかった！　敏行は身を縮めた。

しかし雨宮は無反応だった。はっきりと目が合っているのにもかかわらず、敏行を無視した。

そのとき、敏行はあることに気づいて、衝撃に撃ち抜かれた。

見えていない。

雨宮の瞳は動いていない。無視しているんじゃない。彼の目は、見えていないのだ！

「……あなたのこんな姿を見たら、彼女は、なんて思うだろうね……」

雨宮の太腿《ふともも》に頭をのせ、毛皮の手触りでも楽しむかのように、ゆっくりと手の平を這い回らせながら、美貌の青年は、甘い、陶酔しきった声で呟いた。褐色の肌に白い歯を立てて啜《すす》る。雨宮の足の指が、絨毯を摑むようにぎゅっと縮こまった。

「逃がさないよ。……あなたは一生、こうして、ぼくの足もとに這いつくばって暮らすんだ」

その時、敏行は、ようやく気づいた。雨宮の足首が、長い金色の鎖で、ベッドの脚に繋がれていることに。


夜明けとともに霧が晴れると、嘘のような晴天となった。澄み渡る秋空の下に、いまを盛りの紅葉と、深いエメラルドの湖が広がっている。

まんじりともしないまま一夜を明かした敏行は、屋敷の中で、息を潜めて時期を待った。すると昼近くなって、黒塗りのハイヤーが一台庭に入ってきた。

昨夜の青年がひとりでハイヤーに乗り込んで出かけるのを見届けると、敏行はそっと部屋を抜け出して階段を下りた。長い廊下は昼間でも薄暗く、湿ったにおいがした。

扉の向うには、光が溢《あふ》れていた。

南向きの大きな窓から、秋の陽がきらきらと差し込んでいる。安楽椅子にいた雨宮が、ドアが開く音に、ゆっくりと振り返った。

間近で見る彼は、記憶の中より頬の肉が少し落ち、髪も伸びて、顔色も良くなかったが、やはり雨宮に間違いなかった。

「どうしました？　出かけたんじゃ……」

「雨宮さん」

呼ぶと、ハッと、雨宮の表情が凍りついた。

「……誰だ」

敏行は彼に近づくと、肘掛けに置いた左手をそっと握ってやった。

「すみません、突然驚かせて。怪しい者じゃありません。おれ、敏行です。塔子《とうこ》の弟です。覚えてませんか」

「……塔…子の……？」

光のない雨宮の目が、うろうろと宙をさまよう。それを見て、敏行は胸を詰まらせた。

「やっぱり見えないんですね。なんで……どうしてそんなことに？　いつからなんですか」

「……きみは、なぜこんなところに……」

「近くの湖の撮影にきて、それで……」

「……ああ。そうか。昨夜の旅行者は、きみだったのか」

しゃら…と、雨宮を繋いでいる鎖が鳴った。

右足首に、金の足枷《あしかせ》が嵌《は》められ、広い部屋を歩き回れるほどの長さの鎖が、ベッドの脚に絡みつき、南京錠《なんきんじょう》でがっちりと固めてある。

犬——と雨宮を呼んだ、玲瓏《れいろう》な青年を思い出し、煮えたぎるような怒りがこみ上げる。

「ちょっと待ってて下さい。すぐ自由にしてあげます」

敏行はバイクの荷から取ってきたペンチで、鎖を挟んだ。しかし、金属は思ったよりも固く、いくら力を込めても、細かな傷がつく程度だ。

「なにをしているんだ?」

「ペンチで鎖を切ります。……畜生…こんなんじゃ歯が立たねえか。鋸《のこぎり》でもありゃな……」

「ムダだ。よしなさい。その鎖はペンチや鋸なんかでは切れない」

云いながら、足もとの敏行に、声と気配を頼りに、宙を探るように手を伸ばしてくる。その弾みで、椅子に立て掛けてあった杖が、カランと転がった。

杖——。あの雨宮が、非の打ち所のないエリートだったあの男が、敏行の憧《あこが》れだった彼が、杖の助けなしには歩けないのだ。

胸に迫るものがあり、敏行は彼の痩せた顔から目線を逸《そ》らさずにいられなかった。

「その目……いつから悪いんですか。それに、あいつは何者なんですか。これ、どういうことなんですか。この鎖、それにその目」

「ずいぶん、質問が多いんだな」

「当たり前じゃないですか！　くそッ、だめだ、びくともしない。鍵は？　どこにあるかわかりますか」

「鍵はないんだ。彼が湖に捨ててしまった」

なだめるように、穏やかに雨宮は云った。

「帰りなさい。彼は夕方までに戻ってくる。見つからないうちに……さあ」

「雨宮さんも一緒に――」

「だめだ。……わたしは、ここから出られない」

――ああ。そうか。

敏行は理解した。視力を失ったことが――そしてこの屈辱的な監禁生活が、雨宮から生来の気丈さを失わせてしまっているのだ。

敏行は、励ますように、雨宮の手をしっかりと握った。

「雨宮さん。しっかりしてください。だいじょうぶ、おれが助けてあげます。待ってて下さい、いっぺん山を下りて、車と、なにか道具を――」

「……必要ない」

「え？」

「帰りなさい。ここで見たことは忘れて。わたしは、ここを出ていくつもりはない。わたしは——

——ここにいなければならないんだ」

あまりにも思いがけない言葉に、敏行は呆気《あっけ》にとられたが、雨宮の動かない瞳が冷たい拒絶を放っているのを見ると、今度はふつふつと怒りがこみ上げてきた。淫らにまぐわう二人の姿が、まざまざと思い出されたのだ。——この男は、好んでここにいるのだ。

「男二人で、監禁プレイでもしてるってわけかよ。変態」

激昂《げっこう》し、口汚くなじった。

「冗談じゃねえよ！　そりゃ、あんたの勝手だよ、ここにいるのはさ！　けど、姉貴がどんだけあんたを心配したと思ってんだ。五年前、あんたがいなくなって、どんだけ捜し回ったか！」

ぐらぐらと腸《はらわた》が煮えたぎる。あの気丈な姉が心労のあまり見る間に痩せ細っていったのを、この男は知らないのだ。毎日真っ暗な部屋で、鳴らない電話を前にじっと蹲《うずくま》っていた姿を…！

「……彼女には申しわけないと思っている」

「だったら姉貴に会って頭下げろよ！　姉貴はな、あんたにプロポーズされるのをほんとに愉《たの》しみにしてたんだ。なのに……なのにあんたはっ」

「………」

「くそっ。おれは納得しないからな。姉貴がなんと云おうが納得しない！　五年前――いったいなにがあったんだ。その目はどうしたんだ。あの男は、あんたのなんなんだ」

「……」

「納得のいく説明が聞けるまでここを動かねえからなっ！」

「……彼は……わたしの主人だ」

しばらくの沈黙ののち、彼の長い独白は始まった。諦《あきら》めたように――あるいは、誰かにこのことを語るのをずっと待っていたかのように。

「七年前だ。……国立劇場でわたしは、彼と出会った……」

第二幕

七年前。夏の宵《よい》のことだ。

国立オペラ劇場の二階のバルコニー席に、少年と彼の両親が座っていた。

その晩の演《だ》し物は〝蝶々《ちょうちょう》夫人〟。千三百人の観客が、不世出の歌姫のリリコ・スピントに酔いしれていたが、妻子ある異国の男と捨てられた女との悲恋を謡《うた》った古いイタリアオペラは、まだ十六の少年には退屈だったろう。バルコニーの手すりに身を乗り出して頬杖をついてみたり、オペラグラスで客席を眺めて、笑いながら何事か母親に囁《ささや》いてはたしなめられる……そんな愛らしい稚気《ちき》が、微笑を誘った。

艶《つや》やかな胡桃色の髪が、白い額にやわらかくかかっている。いたずらっぽく笑う唇はばらの花びらのようなカーブを描き、利発そうな瞳はまつ毛が長く、はっとするほど美しいはしばみ色をしていた。

すんなりとした骨格は母親譲りだろう。繊細な顎のライン、ほっそりとした頸《くび》、歌舞伎の女形《おんながた》のように華奢《きゃしゃ》な撫で肩……瞳と同じはしばみ色の大人びたスーツが、まだ幼さを残す顔立ちや華奢な骨格をかえって際立たせていた。

「のう、雨宮……さきほど、向かいのバルコニーにおった少年だが……」

帰りのリムジンの中で、彼の主人である篁《たかむら》翁がそう切り出してきたとき、雨宮にはほとんど、次の要求が予測できていた。主人が、今夜は舞台の歌姫ではなく、かの少年ばかりをオペラグラスで執拗に観察していたことは、隣に座っていた雨宮はもとより承知だった。

「利発そうな少年でしたね」

雨宮が先回りすると、老人は、ほう…と目を細めた。

「おまえも気づいておったかね」

「お求めでしたら、いつものように調べさせましょう」

後退した銀髪を後ろに撫でつけ、紺の大島《おおしま》を着た、見るからに癇性《かんしょう》そうな目つきの老人——篁財閥総帥《そうすい》の七十を過ぎてからの稚児遊びは、知る人ぞ知る悪趣味であった。これまでにも雨宮は、老人の欲した美しい少年を何人も寝室に斡旋《あっせん》している。

否とも是とも答えず、なにか考え込んでいるようすの老人は、節くれ立った指で愛用の杖の頭をトントンと叩いた。

「ところで、田嶋《たじま》のじじいめが、若い嫁を貰《もろ》うたのは聞いたか」

「はい。たしか、まだ二十一歳の女性とか」

田嶋は老人の囲碁《いご》仲間で、今年七十を迎える。今度の女が三人めの妻だ。老いてなお精力は衰えず常に三人以上の愛妾《あいしょう》を囲い、また篁老人に稚児遊びを教えたのも、田嶋老人であった。

「銀座《ぎんざ》の女らしいがのう……なんの、あのじじいには、色の趣《おもむき》たるものがわかっておらん。平安の昔から、自ら丹精《たんせい》した花をこそ、散らして甲斐《かい》があるというものよ」

色の道では、田嶋に引けを取らない道楽者である篁翁は、なにやら思い出し笑いのようなものをうっすらと浮かべた。

「かと云って、わしらの齢《よわい》で七つや八つの子供から調教《しこ》んでいては、蜜を味わう前にこちらの元気がなくなってしまいかねん。……のう、雨宮。先ほどの少年には、あれなぞ映えると思わんか？」

赤信号で停まった車の窓を、コツコツと杖で叩く。視線の先には、ライトアップされたショーウィンドーがあった。飾られていたのは、豪華な白無垢《しろむく》の花嫁衣装だ。

「一晩きりの座興にはいささか飽いた。わしももうじき七十四……常世《とこよ》までとは思わなんだが、せめて短い老い先に、美しき花を丹精し、愛《め》でたいと思うのだよ」

つまりは、田嶋老人と張り合いたいのだ。

次から次へと、よくくだらないことを思い付くものだ。雨宮はうんざりしたが、次の瞬間にはあの少年の身元を調べる算段を考えついていた。老人の手足となり、影となり、望みのままに働く――雨宮はそう育てられた。それが仕事であった。

「それでは、さっそくお気に添うよう取り計らいましょう」

「なるべく早《はよ》うに頼むぞ。そう、初雪が降る前にはな。年寄りには、冬の一人寝はこたえるでな……」

主人は、しみだらけの乾いた頬に、醜悪な笑いの皺《しわ》を刻んだ。

少年の名は、一顕《かずあき》といった。

名門全寮制学校の高等部一年生。朗らかな性格で、友人も多く、成績は優秀。乗馬好きの父親の影響で学校では乗馬クラブに所属し、去年のジュニアハイでは準優勝を収めていた。

父親は横浜《よこはま》で中堅クラスの貿易会社を営んでおり、美貌の夫人は元華族の家柄だ。山手《やまて》の邸宅で、運転手とメイドを使う裕福な暮らし。ただし両親は一族郎等の大反対を押し切っての駆け落ち同然での結婚だったために、一顕が生まれた現在でも、双方の実家とは絶縁状態にある。つまり、一顕には両親以外の身寄りがない。

一顕の趣味、親しい友人、寮での生活パターンから父親の会社の経営状態、二匹の飼い犬の名前、一家が揃《そろ》って毎年避暑に訪れる佐奈湖の別荘の間取りに至るまで、雨宮は、徹底的に調べ上げた。

「ご所望のものは、十一月中にはお届けできるかと思います」

八月の終わり、雨宮は、仕事場で老人に報告した。広尾《ひろお》の邸宅が、二人の仕事場だった。

七十歳を過ぎてから老人は現役を退き閑職に収まっていたが、それはあくまでも表向きのことで、私邸には各国の支社からあらゆる情報と、翁の指示を求める要望が二十四時間ひっきりなしに入ってくる。

それらを整理し、翁に逐一報告し、翁の指示を各幹部に伝えることが雨宮の仕事だった。特に、公にはできない金のことや政治的な事柄に関しては、ほぼ一任されていた。プライベートに関することもまた然《しか》りである。篁財閥の系列会社のひとつに重役のポストを与えられていたが、出社することはほとんどない。

「昨日づけで、タカムラ系列銀行のK社への融資をストップさせました。株の買い占めも進行中です。現在六十五パーセントを押さえました。……あとは、時間の問題かと」

「ほほう。融資にかこつけて父親を脅すか。汚いことを考えるのう、雨宮は」

汚い汚い、と、老人は嗤《わら》いながら囃《はや》し立てた。

「しかし、簡単に承知するかな？　一晩だけのことではないぞ。無理に攫《さら》ってくるわけにもいかん。いざこざも困るぞ」

「日曜日、融資の件で馬場にお誘いします。乗馬がお得意のようですので、少し手ほどきをして頂こうかと」

「馬場？」

「気をつけていってまいります。あそこには、まれに人を乗せたまま暴れ出す、タチの悪い馬がおりますので」

盛夏の庭を見下ろしながら、老人は頷《うなず》いた。

「そうか。では、くれぐれも気をつけて行ってきなさい。万が一、落馬などして首の骨など痛めたら、取り返しのつかんようになるでなあ」

「……」

「花嫁の寝室は、南向きがよかろうな」

「はい」

「わしの寝室の隣に家具を入れさせなさい。絨毯は白だ。寝具も、カーテンも、白がよかろう。花嫁には純白が似合《にお》うて…の……」

「手配いたします」

「温室に白ばらを咲かせるのもよかろうな。新床にも白い花を撒《ま》こう。そうそう、花嫁衣装の手配はどうなっておるかな」

「花嫁をお迎えする日までには、ぬかりなく」

「待ち遠しいことよ……」

老人は、机に広げた写真の一葉に写る少年の頬を、節くれ立った指で愛撫した。

「突然で失礼ですが、お父さんの会社の経営が思わしくないことは、知っていますか?」

前置きもなく切り出した雨宮に、制服姿の少年は、母親譲りの可憐な顔立ちにハッと愕《おどろ》きの表情を浮かべた。

一顕の暮らす寮の中庭、ガラス張りの温室である。面会室が塞《ふさ》がっていたため、二人はここで初めて会した。

向かい合ってみると、少年は、華奢だが、小柄というわけではなかった。一八六センチの雨宮の肩まで背丈がある。しかしこのまま成長しても骨組みは細いままだろう。もっとも、あの何事にも飽きっぽい老人のことだ、そうも長い間この少年に執着するかどうか。

「父をご存じなんですか」

一顕は、初対面の男を警戒している様子だった。

「一度接待でご一緒させて頂きました。先日は、馬場でたいへんなお怪我《けが》をされたそうですね。経過はいかがですか？」

「……あんまりよくありません。落馬したときに頭を強く打っているから、まだ意識が戻らなくて…もし戻っても、重い障害が残るだろうって云われてます」

「君も辛《つら》いでしょうが、お母さんはたいへんなご心労でしょうね。入院費もかさむでしょうし、ただでさえ会社がたいへんなときだ。君も今月で退校が決まったそうですね」

サッと少年の顎が強張《こわば》った。嘲笑《ちょうしょう》されたと思ったようだった。彼のような上流階級の人間にとって、ドロップアウトほど屈辱的なことはないのだ。雨宮は彼の警戒心をほぐすように、穏やかな笑みを浮かべた。

「誤解なさらないでください。実は今日伺《うかが》ったのは、わたしの主人――篁財閥の総帥が、あなたを援助したいと申しているからなのですよ」

「援助……？　篁って、あのタカムラグループですか？」

思わぬ申し出であったろう。一顕は当惑を浮かべた。

「わたしの主人は、優秀な学生を何人も支援され、中でも見所のある若者にはタカムラの要となるべく英才教育をされているんです。わたしもその一人です」

「あなたが…ですか？」

「十二のときから翁の援助で教育を受け、いまは翁のおそばで仕事をさせて頂いています」

少年の表情が、当惑から好奇心へとわずかに傾いたのを、雨宮は見逃さなかった。

「失礼ながら少し調べさせて頂きましたが、一顕さんは学業優秀でらっしゃいますね。ＩＱもかなり高い」

「ぼく程度の成績を取るやつは、いくらでもいます。それに、ＩＱなんか、あんまりアテにならないって云うし」

「そういう切り返しができるのが、頭の回転が速い証拠ですよ」

「……」

「翁は、学業だけでなく、ご両親への援助も用意しておられます。いいお医者さまも探しましょう。あなたが、安心して勉強に打ち込めるように」

「知らない人にそんなに甘えられません。父の医療費くらい、いままでの蓄えで……」

「でも、あなたとお母さんはどうやって生活するんです？　土地や宝石を売って？」

「……」

少年は黙った。すでに自宅は抵当に入り、別荘などの不動産も借金や莫大な医療費のために売り払ってしまったことは、彼も知っているのだ。お嬢さま育ちの母親と世間知らずの少年に、突然の不遇を乗り越えられるだけの機転があるはずもない。雨宮はさらにだめを押した。

「借りたお金は、将来、働いて返せばいいんですよ。あなたが十年後に稼ぐ分を、先払いしてもらうのだと思えばいいんです。正当な報酬《ほうしゅう》ですよ」

「……」

一顕は、思い悩むような眼差《まなざ》しで、プランターに盛りの黄ばらを見つめていた。

「……その人のお屋敷に、一緒に住むんですか」

「家庭教師がつきますし、そのほかにも色々と、翁のおそばでなければできない特別なお勉強がありますからね」

「でも……父や母に会うことはできなくなってしまうんでしょう？」

この歳でまだ乳離れしていないのかと、雨宮はにわかに苦笑した。

「心配はいりません。自由にお会いになれますよ。同じお屋敷に一緒に住むわけにはいきませんが、お勉強に差し支えない程度に……そう、週末はご両親のもとで過ごすことも許して下さいますよ。わたしもそうさせて頂いていました」

嘘だった。雨宮に両親はいない。幼い頃ともに事故で喪《うしな》い、その後翁の援助で英才教育を受けた。だが目的のためなら経歴を偽ることなどお手のものだ。人間は、同じ境遇の相手に対して親近感を持ちやすい。

まして相手は十六の少年だ。落ちたも同然だと雨宮は思い、そんな自分の考えに心底厭気《いやけ》が差した。自分がしていることは、女衒《ぜげん》と同じだ。

「返事はよく考えた上でかまいません。お母さまにも相談なさい。お受けになるなら、名刺の電話番号に……」

「ごめんなさい」

しかし少年は、雨宮の言葉を遮り、伏せていた目線をまっすぐに上げた。雨宮を見上げるはしばみ色の瞳には、十六の少年とは思いがたい高貴さと、揺らぎないプライドがきらめいていた。

「ご好意はありがたいですが、貧しくても両親の側にいて、支えになっていきたいんです。わざわざ来てくださったのにごめんなさい。……ぼく、午後の授業がありますから」

礼儀正しく会釈《えしゃく》して温室を出ていく。その凛《りん》とした細い背中を、雨宮は一声もかけられずに見送ったのだった。

次に照準を合わせたのは、少年の母親だった。丁寧な見舞いの手紙や差し入れを次々と贈り、断れない状況を作ってから母子を食事に招いた。彼らがゆっくりくつろげるように隠れ家のような瀟洒《しょうしゃ》なレストランを貸切り、メニューも好みに完璧に合わせた。

元華族の母親は、一顚と歳の離れた姉弟といっても通りそうな若々しい美貌だった。彼女を中心になごやかに会食は進んだが、少年はどういうわけか、萎《しお》れかけた花のように元気がなかった。食欲もあまり湧《わ》かない様子で、雨宮が学校生活のことなどに水を向けると行儀よく返事はするものの、自分からは口をきこうとしない。

よほど嫌われたらしい。これは前途多難だ、と嘆息して再び寮を訪ねていった雨宮に、「母があんなに楽しそうだったのは、久しぶりです」

少年はそう打ち明けた。

「父が入院して以来ずっと塞ぎ込んでいて、食事もろくに摂《と》らなかったのに、あれから少しずつ元に戻りはじめたって執事も喜んでいました」

「それはなによりでした」

まだ執事を雇っておく余裕があったとは。ただちに解雇する算段を考えながら、雨宮はとってつけた微笑を返した。

「母は、お姫さま育ちでお嫁に来たから、本当はああやって着飾って華やかな場所に出かけるのが大好きなんです。でもこの頃は父に付きっきりで、少しは気晴らしをしたほうがいいよって勧めてもなかなかそんな気持ちにならなかったらしくて……」

「……そうでしたか」

「あの晩は失礼な態度をとってごめんなさい」

と少年がいきなり頭を下げたので、雨宮は面食らった。

「ぼくがどんなに慰めても母を元気にすることはできなかったのにって思ったら、なんだか悔しくなってしまって……。あとで母に叱《しか》られて、反省しました。本当は、久しぶりに母の晴れやかな顔を見ることができて嬉《うれ》しかった。お礼が云いたかったんです。雨宮さんのおかげです。どうもありがとう」

桜貝のような可憐な唇に、笑みがこぼれた。初めて雨宮に見せた笑顔だった。

この無垢な少年が、老人の慰みものになる……。ふと澱みそうになる心を、雨宮は、頭から追い払った。これは仕事だ。主人の命令である以上、従うほかない。――それ以外に、どこへも行き場はないのだ。

その後も度々《たびたび》一顕を訪ね、親身になってあれこれ相談に乗った。二人が兄弟のように親しくなるまでに時間はかからなかった。そして一顕が篁の援助を承諾したのは、オペラ座の夜から、三ヵ月後のことであった。

一顕の輿入《こしい》れは、雨宮が約束した十一月の末と決まった。使用人たちは、数週間も前から、〝花嫁〟を迎える準備に追われていた。みな、老人の悪趣味に慣れている者たちだ。

よく晴れた日だった。

二階の南向きの室に、アンティークの家具、キングサイズのベッドなどが運び込まれ、絨毯やリネン類は翁の指示ですべて純白で揃えられた。庭師はこの日に合わせて温室に白ばらを満開に咲かせ、それらは花嫁の新床も飾った。

そうして、美しく整えられた部屋には、白無垢の打掛けが掛けられていた。

〝花嫁〟を運んできた純白のロールスロイスを、雨宮は書斎の窓から見ていた。一顕はやや緊張した顔で車から降りてきて、玄関の前に二列でずらりと並んだ使用人たちが彼を迎えた。〝花嫁〟は、婚礼の衣装に着替えたのち、花婿《はなむこ》たる老人に初めて引き合わされる手はずになっていた。

「いやだッ！　そんなものッ！」

二階からすさまじい罵声《ばせい》が聞こえ、何人かがバタバタと階段を駆け下りてくる足音がそれに続いた。書斎から顔を出してみると、使用人が暴れる一顕を捕らえたところだった。

「なんの騒ぎだ。商談の電話中だぞ」

「申しわけありません、花嫁さまが、白無垢を着るのは嫌だとお暴れあそばして――」

「はなせッ！　はなせよッ！」

二人掛かりで廊下の床に押さえつけられた一顕は、どう云いくるめられたのか、すでに白の襦《じゅ》袢《ばん》姿であった。メイドたちが、その上に重ねる着物や帯などを手に、手負いの獣のごとく暴れる少年をおろおろと囲むようにしている。

「花嫁さま、お支度のつづきを」

「どうぞ、花婿さまが首を長くしてお待ちでございますから」

「嫌だッ！　さわるな！　誰かっ……！」

もがきながら、少年は雨宮を見た。

「雨宮さん！」

救けを求め、両腕を伸ばす。纏った白襦袢よりも尚、白い腕であった。

「誰か、翁に、鎮静剤を使っても構わないか訊いてみなさい」

冷酷に言い放った雨宮に、ようやくなにもかも、からくりを悟ったのだろう。

使用人の肩に担ぎ上げられ、もはや抵抗を諦めた一顕は、悔し涙をいっぱいに溜《た》めたはしばみ色の双眸《そうぼう》で、火のように激しく雨宮を責めた。吐き捨てるような花嫁の叫びは、未だに耳にこびりついている。

「嘘つき……ッ！」

第三幕

オペラ座に向かう車内で、一顕は、気分が悪そうだった。

朝から食事をほとんど摂っていなかったと聞いていたので、車酔いをしたのだろうかと気になったが、横に座っている老人が膝の上で少年の手をしっかりと握っているのを見て、雨宮は声をかけるのをやめた。

輿入れからひと月あまり、一顕には初めての外出であった。

初日こそあれほど激しく抵抗した少年だが、病床の父親と、およそ世間知らずな母親のことを思い直したのだろう。逃げ出す素振りもなく、従順に老人に仕えていた。少年なりに覚悟を決めたようだった。だがそうして健気に耐える風情が、かえって老人の淫欲をそそり、さらに惨《むご》くなぐさみものにせずにはおかないのだ。

奥まったバルコニー席に着席するころには、一顕は額にひどい汗をかき、息遣いも、高熱に浮かされているかのように乱れていた。じっと座っているのも辛いらしく、体をずらして椅子に斜めに掛け、舞台を見ようともせず背もたれに額をつけている少年を、老人が何食わぬ顔でたしなめる。

「幕が上がったよ。どうした、椅子にはちゃんと腰かけなさい。行儀が悪いぞ」

「……は、い……」

少年は、眉を引き絞るようにして、椅子に座り直した。クッションに腰を沈めた一瞬、なにかをこらえるように、唇を、白くなるほど嚙《か》みしめる。だが次の瞬間、

「アッ……！」

あえかな声を上げ、全身がビクンと、目に見えて跳ね上がった。

「しーッ…控えなさい。大きい声を立てては、周囲に気づかれてしまうぞ」

小声でたしなめられたが、一顒は椅子の肘掛けをぎゅっと握りしめ、ちぎれんばかりに首を振った。爪先立ち、閉じ合わせた太腿が、わなわなと震えている。

老人が、着物の袂《たもと》から親指ほどのサイズのリモコンを取り出すのを見て、雨宮は理解した。どうやら、また老人の悪いお遊びがはじまったらしい。

「……っ……んっ……」

「うん？　どうした。そのように尻をもじもじさせて。まさか、このような場所で、はしたなく感じさせてしまったのではあるまいな？」

素早く、ズボンのジッパーを下げ、少年を取り出してしまう。可憐な横顔が、屈辱と羞恥《しゅうち》にわななないた。

「これこれ、このように蜜を滴《したた》らせて……淫らな花嫁だねえ。人に見られたらどうするのだね」

ツ…と撫で上げながら、老人は一顒の羞恥をいっそう煽《あお》る。少年はきつく唇を嚙み締め、一声

も聞かせてやるものかと意地を張っていた。

「それほど辛ければ、楽にしてやってもよいがのう。さて、どうしてほしいのかな？　花嫁よ」

「……っく……」

「そのように強情を張ると、いつまでも苦しむだけだぞ。ほれ、こうすればもう耐えられまい？」

老人が手元をいじると、一顗は背中をしならせた。細腰がもじもじと揺れる。体の奥での振動が辛いのだろうが、傍目《はため》には、物欲しげにしか見えない動作だ。

あれではオペラどころではあるまい。

「いや…いやだ、もう…ゆるして…ッ」

雨宮の視線に気づくと、急に一顗の抵抗は激しくなった。

「ほう、このように張りつめては苦しかろう。さ、自分の手で、こうして……」

両手を添えさせられ、扱かれ、一顗は身悶《みもだ》えた。いやだ、と拒絶を吐きながら、もたらされる快美に搦《から》め取られて、手を止めることができない。肉体と理性がバラバラに引き裂かれる辛さに、一顗は啜り泣いた。

「…み…ないで……っ！」

声にならない呻きと共に、飛沫が弾《はじ》けた。掌《たなごころ》で受け止めた精液を啜るように舐《な》め取り、老人が、興奮に嗄れた声で囁く。

「このように乱れたことは、初めてではないかな？　玩具でどう責めようが、声すら漏らさなかったものを。ふうむ、花嫁は、どうやら視姦《しかん》がお好みのようじゃのう」

背もたれに横顔を押しつけて、はぁ…はぁ…と喘ぎながら、一顕は頭を振った。虚《むな》しい拒否だった。


篁翁の屋敷の一角に、雨宮は書斎と寝室を持っている。普段夜は自分のマンションへ帰るが、仕事で遅くなったときなどは、そこで休めるようになっていた。

部屋の窓から、ちょうど花嫁の寝室が見えた。窓には花嫁のために選ばれた繊細な白いカーテンが下がっている。一顕は母屋《おもや》の南向きの三部屋を新居として与えられていたが、隣の老人の寝室とドア一枚で繋がっており、そのドアは一日中どんなときでも開けたままでいなければならない。少年にプライバシーはなかった。毎日家庭教師が数時間ずつ来ていたが、親しくなって授業の合間に楽しそうな笑い声など立てると、隣室で聞き耳を立てている老人がたちまちクビにしてしまう。

母親との面会も、父親を見舞うことも許されなかった。一度だけ、どうしても、と乞《こ》うて病室を見舞おうとしたのだが、バイブレーターを肉孔に収めて出かけることを強要され、病院まで行ったものの、玩具に苦しめられて車の中から降りることもできず、引き返したこともあった。

代わりに、手紙を毎日書いた。内容は必ず老人が改め、少しでも障《さわ》りがあると投函《とうかん》することは許されなかった。もちろん電話も許されなかった。肉親からも友人からも遠ざけられ、次第に一顕からは、歳相応の生き生きとした輝きが失われていった。

また一顕は、老人が欲しいときいつでも応じられるよう、屋敷内では常に着物を着せられていた。裾《すそ》をまくり上げるだけで肉交できるからだ。下着を着けることは許されなかった。ほどきやすいように帯は前でだらりに締められ、老人は気が向いたとき着物の裾を割って、白磁のようなすべすべした太腿や、桃のような尻を思うさま嬲《なぶ》り、愉しむのだ。食事中だろうと、使用人の前だろうと。

使用人たちは見て見ぬ振りだが、そうした最中誤って少年と眼が合ってしまうと、哀れみを浮かべて目を逸らすのだった。

だが一顕のほうは、彼らのそうした視線に出合っても、羞《は》じらうことも、抗うこともせず、ただ老人のなすが儘《まま》に肉体を投げ出す。

少年らしい潑剌《はつらつ》さは、もはや見る影もなかった。唇は二度と愛くるしい微笑《ほほえ》みを浮かべることはなく、はしばみ色の瞳は、紗《しゃ》がかかったように無感動に曇った。

彼は、感情という感情を放棄していた。そうすることで、踏みにじられ、瓦解しかけそうになる誇りをどうにか保とうとしていた。

その一顕が、唯一、灼《や》かれるような羞恥と憎しみの反応を示す相手が、雨宮だった。

「おお、来たか、雨宮……早う入れ」

夕食後、書斎で書類の整理をしていた雨宮は、老人に呼ばれて二人の寝室を訪《おとな》った。

純白の寝具の上では、着物の上から、鮮やかな赤い紐をうたれた少年が、仰向けにされ、割り広げ乱れた裾の狭間《はざま》を弄《もてあそ》ばれていた。腰の下に固い枕を入れられ、脚の間にいる老人に尻を突き出す淫らな姿だ。

一顕はいつものように磨りガラスのような眼で天井を見上げていたが、雨宮がドアをくぐってくるのに気づくと、ハッと眼を見開き、縛られた体で逃げようとした。老人の目配せで、雨宮は素早く一顕の両肩を上から押さえつけた。

動きを封じられ、一顕はちぎれるほど唇を噛みしめ、視線をそらした。尖《とが》った頤《おとがい》が小刻みに震えている。

さながら、臣下の前で凌辱《りょうじょく》を受ける姫君……といった趣に、老人は舌なめずりした。

「そのように嫌そうな顔をするものではないぞ、花嫁よ。雨宮は、わざわざ、仕事を中断して、わしらのために来てくれておるのだ。もっとよい顔をしてみせなさい」

「……なら、仕事をしていればいいッ」

顔を背けたまま、一顕が叫んだ。固く閉じ合わせた膝頭を、茶色いシミの浮いた乾いた手で老人がねっとりと撫で回している。

「そうか、そうか…ただ見られるばかりでは物足りぬか。では、雨宮に仕事をさせよう。雨宮——花嫁を抱け」

一顕は驚愕《きょうがく》に眼を見開いた。濡れたはしばみの瞳に雨宮を映し、次いで、老人を見る。

「い……やだ。厭です。絶対に厭だ！　この男だけはッ！」

一顕は激しく全身をのたうたせ、叫んだ。

雨宮もまた戸惑っていた。年々機能が衰えてきた老人は、己れを奮い立たせるために、これまでも時折寝室に雨宮を呼ぶことがあった。愉快ではないが、これも仕事のひとつと割り切ってきた。しかし相手はまだ十六の少年。まして華族の末裔《まつえい》である。自分を裏切り、貶《おとし》めた男に凌辱される少年の屈辱を思うと、さすがの雨宮の心も揺らいだ。

「あんたにされるくらいなら、舌を噛んで死んでやるッ！」

だが、激しい眼で少年がそう云い放ったとき、なにかが雨宮の中で弾けた。

縄尻《なわじり》を摑み、細い体を寝具の上にうつぶせに返した。すぐさま起き上がろうともがくのを、背後から圧迫するように押さえ込み、腹の下に枕を入れて尻を上げさせる。

着物の裾を捲《まく》り上げると、なめらかな白い尻が剝《む》き出しになった。

「嫌だッ」

「まずは、たっぷりと濡らして、指で拡げるのだ。花嫁は狭いぞ。よくほぐしてやりなさい」

安楽椅子に腰を沈め、老人が命ずる。一顕は脅えたように肩をよじってずり上がろうとしたが、雨宮はそれを許さなかった。

両手で尻を開き、拒むようにぎゅっとすぼまった可憐な蕾《つぼみ》を、剝き出しにしてやる。

唾液で濡らした指が貫くと、羞《はず》かしさとおぞましさに、一顕は竦《すく》み上がった。内部は溶けるほど熱い。指を鉤《かぎ》型に曲げて、粘膜をめくり上げるように擦《こす》ってやると、

「ヒ…ううッ——」

電流が走るように反応した箇所があった。そこを中心に、探り出す手つきでまさぐってやる。

「どうだ、花嫁の内はどうなっているか、云うてみなさい」

いつにない一顕の激しい反応に、老人は興奮して声を上擦《うわず》らせた。

「……熟れています」

「もっと詳しく」

「とても……狭いです。ですがとても柔らかい。こうしてじっと留めていると、粘膜がひくひくとうねって指の感触を味わっています。ですが引き抜こうとすると……」

「ん——アアッ」

「逆に、奥へ引きずり込もうと抵抗してきます。もっと食べたがっているように」

「ふふふ、千人にひとりの名器だからのう、花嫁は。もう十も若ければ、毎晩こってりとかわい

がってやるのだが……その分、これからはこの雨宮がたっぷりと相手を務めるからのう」

「いや……だ、それだけはっ……ああァッ」

「おお、そこが花嫁の悦《よ》いところらしい。とろけるほどに、じっくりと責めてやりなさい」

醜悪な笑みを浮かべ、老人が促《うなが》す。雨宮は命ぜられるまま、執拗に指をくねらせ、さらに柘榴《ざくろ》色に熟れた入口を舌で嬲った。

「いや、いやだッ、こ、こんなっ……」

指を二本に増やし、狭い肉の中でべつべつの動きをして一顕を苦しめた。さらに前は、蜜の入った袋と先端のみを優しく愛撫して、たっぷりと焦らし、追い詰めていく。

「……く……う……っ」

屈辱をかき分けて奥からせり上がってくる快感に流されまいと、唇を噛み縛り、必死に耐えていた一顕だったが、やがて美しい顔は玉のような汗が噴き出し、目の焦点がぼんやりと合わなくなってきた。

「あうんッ……」

前触れもなくぬるりと指が抜け、せがむように腰が高く上がった。

「辛いか？　うん？」

シーツに横顔を押しつけ、絶え絶えに喘いでいる一顕に、老人が問う。

「楽にしてほしいか？」

「っ……く……あ……は、いっ……」

「では欲しいと、雨宮に頼みなさい。頼み方を教えてやったな？　どうするのだ？」

促され、一顕はいやいやをするように髪を振り乱す。

「そうか。ではいつまでも苦しいままだぞ。わしはそれでもよいがのう」

凄《すご》みのある声で脅されると、一顕の顔に脅えが走った。おそらく老人の命令に素直にならず、焦らされ続け、放置されて一晩中悶えさせられた経験があるのだろう。

だが、一顕は強情だった。篁翁には屈伏しても、使用人ごときには屈伏しないと決意しているようであった。焦れた老人が命じた。

「雨宮。どうやら花嫁は、ねだり方を忘れてしまったようだ。強情を張るとどうなるか、教えてやりなさい。紐を解いて、よう見えるように正常位で嵌《は》めるのだ」

雨宮は赤い紐を解き、昼間のように明るい灯りの下に、老人によく見えるようしなやかな体を曝《さら》させた。そして自分は着衣をずらしただけの姿で、ひくつく蕾を、ゆっくりと犯していった。さんざん焦らされてとろけた内部は、押し当てただけで、吸い上げるように入っていく。

「い…い……やだ——ッ」

雨宮は、一顕の膝が肩につくまで体を深く二つ折りにさせ、じわじわと少しずつ腰を進めていった。

「やめ…いやだっ……うー……っ」

入口の薄い粘膜は怒張を飲み込んで、目いっぱい拡がっている。一顕はきつく唇を噛み締め、声を出すまいと必死にこらえていた。深さを確かめるように底まで収めきると、雨宮は、今度はゆっくりと引き抜きはじめた。

解放され、つかの間、一顕の唇は安堵《あんど》の吐息を漏らした。しかし満たされなかった下の口は、もの欲しげにひくついている。そこを、今度は容赦なく、一気に貫いた。

「アアッ…ウ――ッ」

太いもので、窄《すぼ》まりかけていた敏感な肉襞《にくひだ》をかき分けられる苦しみに、一顕はのけぞった。だが苦しみばかりではないのは、体の変化で明らかだ。ぎりぎりまで引き抜き、深く突くと、そのたびにしなやかに反った性器から透明な蜜がとろりと滴り落ちてくる。

あやしく蠕動《ぜんどう》する媚肉《びにく》に、雨宮も眩《くら》みそうになっていた。同性からもたらされる快感が、これほどのものとは思わなかった。

「う――うう、いや、ああっ、ああっ」

「これはすごい」

二人のあまりの激しさに、老人が椅子から身を乗り出す。

「乱れておるな、一顕。どうだ、使用人に犯される味は。たまらぬのか、え、たまらぬようだな？はしたなく濡らしておるぞ」

「ゃあ……や、っ…うぅ…ぅ」

いやいやをして顔を隠そうとする少年の胸もとをはだけ、淡く色づいた乳首を、しこるまで摘《つま》み、伸ばして、自在にいたぶる。乳首まで感じるのか、一顕の内奥が呼応し、軋むほどに締めつけてきた。

「あぅッ……あ…あ…もうッ…もう…ッ」

さらに強弱をつけて打ち込むと、汗でぬめのように光る肢体をくねらせ、悶えた。可憐な美貌は、恍惚に我を忘れている。あられもない声を上げ、全身に、恍惚の痙攣《けいれん》を走らせる。

「いっ…いく……いッ……」

雨宮はそこでピタリと律動を止めた。寸止めされた一顕は狂ったように雨宮の背中に手を回し、太腿できつく胴を挟んで腰をうねらせる。これが元華族の子息かと思うような慎みのなさだった。

雨宮は小さな耳に唇を近づけた。

「……おっしゃいなさい。さあ。どうされたいのです?」

「や……」

まだ強情を張るのか。雨宮が引き抜く素振りをすると、縋《すが》るように腰をせり出した。

「いやだっ、抜かないでっ」

「品のない。翁はそのような言葉をお教えになりましたか?」

「あ…あぁ……ど……かっ……」

気の狂うような絶頂の寸前で、汚辱にまみれ、今度こそ、一顕は屈伏した。

「どうか、ご主人様の、お情けを、くださいませッ……」

甘美な肉に、引き摺られそうになりながら、雨宮は律動を再開した。崩壊の音色が長く尾を引き、やがて消え入るように、激しい息遣いだけになった。

興奮した老人が、ぐったりとなった一顕の上にのしかかっていく。雨宮はベッドを下り、着衣を整えて寝室を辞した。

その夜半、書類の整理を終えて寝室の前を通りかかると、若いメイドが扉の前でまごついていた。花嫁の後始末を言い付けられたものの、若い彼女は寝室に入る勇気もなく困っていたらしい。

「わたしが代わろう。君はもう休みなさい」

扉をノックして入っていくと、広いベッドの上で、一顕は気を失っていた。凄まじく彼を虐《いじ》めぬいた恍惚の余韻が、上気した頬にまだ燻《くすぶ》っていた。

浴室のバスタブに湯を張り、温めたタオルで下肢の汚れを清めていく。内腿にくちづけの鬱血《うっけつ》の跡が生々しく残っていた。

「……ん……」

投げ出されていた指先が、ぴくっと動いた。苦しげな表情をして、なにかを引き寄せるようにシーツをかく。雨宮の指に触れると、きゅっと握り締めてきた。

まるで赤ん坊のような仕草だ。……夢の中で、母親の手をこうして握っているのだろうか。

雨宮は、もう片手で一顕の手の甲をそっと撫でてやった。温《ぬく》もりに安心したのか、口もとがほんのりとほころぶ。あれだけの屈辱にまみれて尚、無垢な寝顔だった。額にはりついた髪を梳《す》いてやろうと手を伸ばすと、心地好さそうに閉じていた瞼が、ぱっと開き、雨宮の姿を見て飛び起きた。

「なに、してるんです」

「……湯の支度ができています。眠ければ、せめて体を拭《ふ》いてから寝なさい」

少年は、ばつが悪そうに雨宮の手を離し、タオルを奪った。

「いいから出ていってください。あなたの顔なんか見たくない」

「……ここにいる以上は慣れていただくしかありません。わたしにも、この生活にも」

床に落ちていた寝巻きを広げ、背中にかけてやる。細い首が小刻みに震えていた。


翌春の四月、一顕が十七の誕生日を迎えた。

「欲しいものがあれば云ってみなさい。祝いに、なんでも買ってやろう」

「……なんでもいいですか？」

柔らかな胡桃色の髪を撫でながら老人が尋ねると、少年は、思い詰めた眼で見つめ返した。

「だったら、あの人をどこかよそへやって下さい」

あの人——と、一顕が指したのは、雨宮であった。

「二度とぼくに近づけないで下さい。あの人の顔も声も、見るのも嫌だ」

「それは無理じゃな。雨宮はわしの片腕だ。遠ざけるわけにはいかん」

「でも、寝室まで入ってこられるのは……嫌だ」

「さてさて、わし花嫁の〝いや〟は、どこまで本気か、わからんでのう」

老人は皺だらけの顔に、嗜虐《しぎゃく》のぬめりを帯びた笑みを浮かべ、雨宮に合図した。

雨宮が、背後から抱き抱えるようにして着物の袷に手を差し込むと、少年の美しい顔に官能の顫《ふる》えが走った。

「いやだッ」

「そう云いながら、ふれられるだけで、はしたなく濡れるではないか」

雨宮が、もがく腰をとらえ、剝き出しにした一顕の根元を握って差し出すと、老人が巧みに擦り上げた。二人がかりの指嬲りに、ひとたまりもなく翻弄《ほんろう》され、一顕は、こみ上げる声を両手で塞いでこらえる。

「わしらが愉しむために、必要な男じゃよ。誕生日は、他のものを考えておきなさい」

少年が滴らせた蜜を、親指にとって舐め、老人は、低く、嗤った。

「……香水の匂いがする」

雨宮の運転する車のバックシートで、一顕が不愉快そうに呟いたことがあった。パワーウィンドーを下げ、空気を入れ換える。

今朝出勤前に、この車で恋人の塔子をマンションから会社まで送った。親しい重役の勧めでつき合うようになった秘書課の女性だ。彼女の残り香だろう。

「あなたの背広にも、時々同じ匂いがついてますね。……恋人？」

「その質問には答える必然性がありません」

「恋人がいるのに、よくぼくにあんなことができますね」

冷たい風に胡桃色の髪を嬲らせながら、一顕は美貌にありありと侮蔑を浮かべて、バックミラーに映る雨宮を見つめる。雨宮は感情もなく応えた。

「ご命令ですから」

一顕は怒ったような顔をした。

「あの人の命令ならなんでも聞くんですか」

「そうです」

「死ねと云ったら死ぬんですか」

「そうです」

沈黙が落ちた。まるで憎しみをぶつけるようにバックミラーをじっと見据えていた一顕が、やがて、低く吐き捨てた。

「……犬」

二度目の正月を迎えてすぐ、一顕の両親が死んだ。自殺だった。

母親が遺書を残していた。そこには、彼女が、一顕を篁翁に金で売ったこと――雨宮の持ちかけた話を鵜呑《うの》みにして、息子に惨い運命を背負わせてしまったことを苦にし、また、回復の見込みのない夫にも絶望したことなどが綿々と綴《つづ》られていた。

お父さまと楽になります。最後に一目会いたかったけれど、許してね――手紙の最後はそう結ばれていた。

葬儀の日は篠《しの》つく雨になった。

参列者は少なく、寂しい式であった。少年は、雨宮に付き添われて気丈に喪主を務め、少なくとも人前では、動揺した様子も見せず、涙ひとつこぼさなかった。少女のような外見でも、芯に秘めた強さは生半可ではなかった。

火葬場で待つ間、ふいに一顕の姿が見えなくなった。

予測していたことだ。両親が死んだことで、枷は消えたのだ。もうなぐさみものになる必要はない。老人が雨宮を付き添いによこしたのも、それを心配したからだった。

逃げたならそれでいい——と、思った。老人は用心のために小銭も持たせていなかったが、雨宮は、葬儀の後、こっそりと一顕に両親の遺《のこ》した通帳と遺品を渡していた。たいした額ではないが、人間が本気で生き抜こうと覚悟を決めれば、どうとでもなる。籠《かご》の鳥のまま慰みものにされ続けるくらいなら、無一文でのたれ死ぬことを彼は選ぶだろう。

しかし、一時間後、車で屋敷に戻った雨宮を迎えたのは、暖炉の前で使用人に髪を乾かしてもらっている一顕の姿だった。

「おまえが置いて帰ってしまったから、かわいそうに、交番で金を借りて電車で帰ってきたのだそうだ。ここまで傘も差さずにきたのだぞ。雨宮、おまえがついていていながら、なにをしていた」

「……申しわけありません」

雨宮は頭を下げた。一顕は興味がない顔で、雨に打たれる庭を眺めていた。

「なぜ逃げなかったんです？」

二人きりになってから問うと、一顕は、はしばみ色の瞳で雨宮をじっと見つめ、ぽつりと漏らした。

「……どうせ、ほかに行くところなんかない」

三月の節句の頃、老人が、風邪をこじらせて入院する騒ぎがあった。

その頃雨宮は、あるプロジェクトのために二、三年ヨーロッパへ行く予定になっていたが、その騒ぎで足止めを食らった。老人は心臓に疾患を抱えていた。軽い風邪も命取りになりかねない。入院中、意外にもかいがいしく世話をしたのは、一顕であった。足しげく病室に通って介護をし、話し相手になり、老人の前で雨宮に自ら体を開いて交わってみせた。

病室で、老人の求めるまま全裸になり、脚を広げてその部分をいじらせ、ディルドウで責めぬかれて悦《よろこ》ぶ少年に、雨宮は少なからず失望していた。輿入れの日、火のように烈《はげ》しく雨宮をにらみつけてみせたあの気性はどこへ消えたのかと目を背けたくなるほど変わり果てた姿――つまり彼は、わずかな金で泥水を啜りながら生きるよりも、老人のご機嫌を取りながらの贅沢《ぜいたく》な犬の暮らしを選んだのだ。

なぜか、わけもなく苛立《いらだ》った。あの少年だけは違うと思っていた。流されるままに大きな波に飲み込まれ、いまだに流れから這い出ることもできないでいる自分とは違うと。この手で泥水に突き落としておきながら、心のどこかで、彼は自分のようにはなるまいと信じていたのかもしれない。

だが悔いても遅い。彼の背中から純白の羽をもぎ、代わりに白無垢を着せて老人に差し出したのは、他でもない、この自分なのだ。

若い庭師見習いが屋敷に出入りするようになったのはその頃だった。大学を中退して父親の跡を継いだ、口数の少ない、勤勉な青年だった。

ほどなくその庭師と一顕が、温室で語らっている姿を度々見かけるようになった。歳の近い二人だ。友人もない一顕にとっては、いい話相手だったのだろう。仕事をする庭師の傍らでお茶を飲んだり、読書をするようになった。

だが、やがて一顕が一日の大半を温室で過ごすようになり、庭師の分まで食事を運ばせたり、明らかに庭師が彼との時間に気を取られて仕事をおろそかにするようになってくると、見過ごすわけにはいかなくなった。

「差し出がましいようですが、使用人とはもう少し距離を置かれるべきです。先日は、あの庭師が消毒を怠《おこた》ったせいで、東屋《あずまや》の薔薇が害虫で全滅してしまいました。このまま目に余るようですと翁にご報告しなければなりません」

雨宮が忠告に赴くと、本を読んでいた一顕は、わずらわしげにちらっと目を上げた。

「庭師は彼ひとりじゃないでしょう。怠けてるのは、彼の同僚なんじゃないですか」

「ではそれも併せて報告いたします」

「……雨宮さん、いつもいつもぼくを見張ってて、疲れませんか」

「仕事です」

一顗は苛立って、勢いよく本のページを閉じた。

「あなたは、ぼくが人と話をする権利も取り上げるんですか」

「それは翁がお決めになることです」

「そうだった。あなたには、自分の意見なんかないんですよね」

「………」

「……でもぼくは違う」

「……話し相手をご所望でしたら、翁にご相談して、適当な相手を見繕いましょう」

「金で買われた男の愛人に、金で相手をあてがうんですか？」

「………」

一顗は窓の外に視線をやった。雨宮を追い払いたいとき、彼はよくそうして外を見た。そこにある、かつての自由を懐かしむように。雨宮は部屋を出た。

階段の踊り場から、雨に濡れた美しい庭を見下ろす。二年前、大勢の使用人にかしずかれて少年があの庭に下り立った日のことを、忘れたことはない。

金で買われた愛人。――

家族も友人も取り上げた。少年らしい無邪気さも、プライドも。その上まだこの手で彼から奪おうというのか。彼は寂しいのだ。自由もなく、心を開いて笑い合える友ひとりいない。

幸い使用人たちは、一顒のことは見て見ぬ振りだ。自分さえ口をつぐんでいれば老人の耳に入る怖れはない。……普通の十七歳らしい生活を望むことを、いったい誰が責められるだろう。

雨宮の視界に、小雨の中、仕事道具を抱えて横切る若い庭師の姿が映った。

彼は温室へと消えた。ほどなく、一顒が二階のテラスから階段伝いに温室に渡っていくのが見えた。雨宮の手は、自分でも知らぬうちに、指の先が白くなるほど手摺を握り締めていた。

翌日、報告のために翁の病室を訪れると、先客がベッドに寄り添っていた。先回りした一顒だった。枕もとには大輪の白薔薇が一輪、活《い》けられていた。

「どうだ、見事だろうが、雨宮。花嫁がわしのために丹精してくれた花だぞ」

ご満悦の老人の傍らで、一顒はしゅんと項垂《うなだ》れてみせた。

「旦那《だんな》さまのために一生懸命お世話したんですけれど、消毒をなまけたせいで、この一輪だけ残して枯れてしまったんです。ほんとは大きな花束にしてプレゼントしたかったのに……ごめんなさい。ちゃんと庭師の云うことを聞けばよかった」

「なに、気にせんでよい、よい。その気持ちがわしは嬉しいのだよ」

老人が手を取って慰めると、少年は儚《はかな》げに微笑《わら》った。

「花の世話をしていると、寂しいのが少し慰められるんです。旦那さまがいないと、あのお屋敷は広すぎて……早くお元気になって、戻ってきてくださいね」

「そうか、そうか。さみしい思いをさせてすまぬのう……医者が四月には屋敷に戻れると云っておったから、その頃満開になる花をたくさん庭に植えて、待っていておくれ」

はい、と一顕は、老人の痩せた手を握り返して健気に頷いた。

だが雨宮だけは、一顕の口もとが、一瞬だけわずかに嗤っていたのを見てしまった。政財界を掌握する怪人・篁翁が、わずか十七歳の花嫁の手に堕《お》ちた瞬間であった。


退院を間近に控えたある午後、雨宮と弁護士が病室に呼ばれた。

「一顕を、正式にわしの籍に入れようと思う」

老人はそう切り出した。

「誕生祝いに、正式な花嫁にしてほしいとねだられてのう。男同士の結婚というのは、養子縁組をするそうな。一生そばにおいてほしい、翁だけが頼り……などと、あれもかわいいことを云う。かわいそうに、あの若さで天涯孤独の身の上だ。いろいろと心細かろうて、できるだけのことをしてやりたいと思うてな……」

一顕が独りになる原因を作った張本人が、白々しい言い種《ぐさ》だ。だが片棒を担いだ雨宮に老人をなじる資格はない。

「どうだ、雨宮。おまえの意見を聞きたいが」

「反対する理由は見当たりません」

「では、決まりだ。一顕はわしの――この篁の後継者とする」

弁護士は早速書類を作り、四月の半ば、正式に二人の養子縁組が成った。

事件は、退院の日に起きた。

その日はどうしても外せない仕事があり、老人の迎えは一顕と執事に任せてあった。所用を終え、途中で退院祝いを買って屋敷に戻ると、騒ぎになっていた。

「翁!?」

居間で、雨宮は瞠目《どうもく》した。

胸もとまで真っ赤にして怒り狂った老人が、一顕の背中を、杖で摚《う》ち据えていたのだ。

一顕は惨い仕打ちに耐えていた。白いシャツが裂け、血が滲《にじ》み出している。頭から花瓶の水をひっかけられたらしく、髪から雫《しずく》がぽたぽたと垂れ、辺りには花瓶の破片と白いばらの花が撒き散らかされていた。使用人たちは逆鱗《げきりん》を恐れて、誰も止められずにおろおろと見ているばかりだ。

さらに摚ち据えようと、老人が大きく振りかぶった杖を、羽交い締めにして雨宮が止めた。

「落ち着いて下さい！　翁！」

「ええ、止めるな！　このあばずれめ、叩っ殺してくれるわ！」

老人とは思えぬ力で雨宮を振り払い、一顗の肩に杖を振り下ろす。

「このあばずれ、わしの目を盗んで、庭師とできておったのだ。わ…わしの、わしの温室で、まぐわっておった……っ！」

「庭師と……」

再び、今度は使用人たちにも取り押さえられながら、老人はわなわなと憤怒《ふんぬ》に震え、はぁ、はぁ、と肩で荒い息をつく。額に血管が膨《ふく》れ上がっている。

「よくも、よくも、この恩知らずめが…ッ！」

「……恩？」

ゆらりと、一顗は、撲たれた背中をかばうように立ち上がった。その場にいた誰もが戦慄《せんりつ》した。乱れた髪の間、美しい顔に、ゾッとするような薄笑いが浮かんでいた。

「なんの恩です…？　だまして、犯して、自由を奪って、閉じ込めたこと？　それとも、男の味を覚えさせてくれたことですか」

「なん、なんだとッ！」

「そんなに怒ることないでしょう……今までだってさんざん、雨宮さんにぼくを嬲らせていたじゃないですか。翁がこういう体に調教したんですよ。どうせ、ぼくを満足させることもできないくせに」

「なにを……ッ！」

その瞬間、翁に異変が起こった。

左胸を押さえてうウッと呻くなり、昏倒《こんとう》した。カッと目を剝き、全身に激しい痙攣が走った。

「翁ッ！」

「誰か、主治医を！」

心臓発作だった。雨宮が心臓マッサージを施したが、ほどなく主治医が駆けつけたとき、老人はすでに事切れていた。

「……終わったね」

亡骸《なきがら》を取り囲む雨宮たちの頭上から、静かな呟きが聞こえた。

心臓がヒヤッとするような声だった。振り返ると、一顕がひとり佇《たたず》んで、すべてを見下ろしていた。

はしばみ色の瞳がゆっくりと動き、ひたりと雨宮を捕らえた。

「これで、今日から、あなたの主人はぼくだ」

第四幕

篁翁の莫大な遺産は、養子である一顕にそっくり相続された。

すると一顕がまずしたのは、亡父の借金と医療費のために手放した横浜の邸宅と、佐奈湖畔の別荘を買い戻すことだった。一顕にとって、二つとも両親との思い出深い場所だった。

当時一顕はまだ未成年だったため、後見人が必要だった。彼は有能な弁護士を選んだ。雨宮が収賄スキャンダルで降格されたのは、その直後のことだ。一顕に命じられた弁護士の暗躍によるでっち上げだった。

しかし雨宮は黙って処分を受け入れた。これまで一顕にしてきた仕打ちを考えれば、むしろこの程度の復讐《ふくしゅう》ですんだのは不自然なほどだった。命を奪われた篁翁に比べれば。

四十九日の法要がすみ、ようやく周辺も落ち着きを取り戻したころ、雨宮は突然、一顕に呼び出された。相談したいことがあるので、誰にも云わずに佐奈湖畔の別荘まで来てほしいという。

取るものもとりあえず駆けつけた雨宮を見ると、一顕は、おかしそうに唇を歪めた。

「仕事を放り出して来たんですか？……本当に、主人の命令ならなんでも従うんですね、あなたは」

「……おひとりですか？」

「ええ。ひとりです。屋敷に引き取られた日から、ぼくはずっとひとりだ。友人も恋人もいません。あなたと違って」

「………」

「あなたの恋人――塔子さんでしたっけ。きれいな人ですね。結婚しないんですか?」

「……なにか、わたしに御用だったのでは?」

「その前に、お酒を少しいかがですか?」

「結構です。車ですので」

雨宮の答えに、一顕はうっすらと笑った。妖しいほど美しかった。

「そんなこと気にしなくていいのに。どうせ帰れないんですから」

確かに、往路も深い霧が出ていて、運転中何度もひやりとした。この辺りは霧が名物だ。

異変は、勧められたコーヒーを飲み干したときに起きた。突如猛烈に目が痛みはじめ、苦しみ抜いて昏倒し――次に目覚めたとき、世界は、闇だった。

「目が見えなくなったのはそれからだ。睡眠薬で眠らせている間に、視神経を麻痺《まひ》させる薬物を投薬された。……以来、一歩もこの屋敷から出たことはない。医者以外の人間と話をするのも、もう数年ぶりだ」

「……なんだよ、それ……」

昔の恋人の弟は、雨宮の長い長い独白を聞き終え、呻いた。

「あんたらも大概えげつないけど、一顕ってやつも——無茶苦茶だ。そんな足枷くっつけて、こんなとこに五年も閉じ込めて。償いなら、その目だけでじゅうぶんじゃないか、雨宮さん。あんたはじゅうぶん償ったじゃないか。これ以上、苦しむことないよ」

雨宮は、静かに頭を振った。

「どうして！」

「ここにいることが、わたしにとって苦しみではないから……だ」

失った視力にたったひとつ心残りがあるとすればそれは、もう二度と、一顕の顔を見ることができない……そのことだ。

肩にかかるやわらかな長い髪が、あの頃と同じ胡桃色をしているのか。手の平に吸いつくようなきめ細かな肌が、あの頃と同じミルク色か。両手で包み込めるほっそりとした顔が、どんなに美しく成長したか……それを見ることが叶《かな》わぬことだ。永遠に。

「わたしは、彼を、……愛しているんだ……」

終幕

神経がささくれ立つような、ひと月ぶりの外出から疲れて戻ると、一顕は荷物も下ろさずにまっすぐに彼の室へ向かった。

いつものように、安楽椅子でくつろぐ雨宮の顔を見るとほっとした。美しい夕陽に、室も彼も、鮮やかなオレンジ色に染まっていた。――大蛇のように部屋を横切る、長い金の鎖も。

「お帰りなさい」

雨宮が戸口に向かって云う。盲目の彼は、わずかな音や空気の流れで、辺りの気配がわかるのだ。

「久々の下界はいかがでした。息抜きはできましたか」

「……その云い方、皮肉のつもり？」

一顕は買い物袋をテーブルにどさりと置いた。雨宮が困った顔をしている。本当はただいまを云って、留守の間なにか困ったことはなかったか聞きたかったのに、いつもいつも、彼の顔を見ると素直に接することができない。そんな自分に苛立ち、いっそう八つ当たりしてしまう。

「留守の間、なにか変わったことは？」

「いいえ。特にありません」

「……来客は？」

雨宮はふっと口もとを緩《ゆる》めた。足首の鎖を、しゃらん…と鳴らす。

「あっても、玄関まで出迎えられませんよ」

「……そうだね」

一顕は、カーテンを引くために窓辺に立った。

「今日は夕焼けがきれいだ。湖が、すごいオレンジ色に染まってる。紅葉はもう終わりだね。昨夜の雨で、ほとんど散ってしまった……」

雨宮も窓の外に目を向ける。見えない両目はなにを映しているのか。記憶の中の景色か、それとも——ここにはいない誰か、懐かしい人を……?

一顕は彼の椅子の横に寄り添った。雨宮は気配を感じているはずだが、切れ長の美しい目は、動くことはなかった。

「……ぼくが憎いだろうね」

「………」

「だまされて、光も自由も奪われて、地位も将来も……恋人も、友人も、失って。ぼくが憎いだろう。憎んでいるんだろう?」

自分の方を向いて欲しくて、そっと頬にふれると、雨宮は見えていないのが不思議なほどスムーズにその手を取った。乾いた熱い唇にくちづけられ、一顕の胸は顫える。

「……ええ。憎んでいます」

「……」

「あなたが憎めとおっしゃるのなら。わたしは従うだけです。……あなたの命令に」

「……犬」

思わずなじった。

わかっている。彼は、雨宮は、誰であれ主人の命令にだけは忠実なのだ。

だから、老人を殺した。雨宮が欲しかったから。だから、老人の養子になった。雨宮を従わせる金と力が欲しかったから。それでも安心できず、彼の目を潰《つぶ》した。どこへも逃がさぬために。

あの日。

学校の温室に現われたあなたは、どれだけ頼もしく見えたことだろう。

立派で、紳士だったあなた。憧れだった。とても慕っていた。あなたのようになりたかった。

だけど。——裏切られた。

憎かった。篁翁よりも、信頼を裏切った雨宮が。この生活に慣れろと云った。殺してやりたいと思った。家族も友人も、なにもかも奪い、それなのにあの牢獄《ろうごく》のような屋敷に一顕を置いてヨーロッパへ行ってしまうと知ったとき、心の中でなにかが弾けた。一顕は策を練った。プライドを打ち捨て老人に甘い媚態で取り入ったのも、庭師をたぶらかしたのも、すべて、こうしてすべてを奪ってやるためだ。恋人も、友人も、地位も——なにもかもを。

茜《あかね》色の夕陽に染まった男は、なにも映さぬ目を、なにもない白い壁の空間に向けている。

それを見つめる一顕のはしばみ色の眸子から、涙が一雫《しずく》こぼれて、白い頬にゆっくりと伝い落ちた。

ずっとここに閉じ込めてやる。永遠に出してやらない。自由なんかあげない。誰にも会わせない。籠の中の鳥みたいに、この屋敷の中で、ともに朽ち果てるのだ。

「……ぼくのものだ」

行かせない。どこへも。

虚しくてもいい。愛されなくても。

黙って壁を見つめている男の唇に、一顕は、そっと唇を寄せていった。

二人の足もとで、長い金の鎖が、カシャリと音を立てた。

あとがき

あとがきは、いつも頭を悩めます。もっと悩むのはカバー折り返しのプロフィールで、あまりに悩んだ挙句、実はこの数年、変わっていません。「簡素すぎるので次回こそ変えましょう」と担当編集者と話し合っていたのですが、多忙な彼女はころりと忘れている様子。まだなにも思いつかないので、もうしばらく忘れていてくれるとありがたいのですが……。

今回収録の二作品は、久しぶりにやや耽美チックな仕上がりになっております。デビュー作とご存じの方は、書き下ろし「昼となく夜となく」のカズナと同じ種族が作中に出てくることを、覚えてらっしゃるでしょうか。この宝石を食べる化け物の設定は思い出が深く、とても気に入っていたので、いつかまた書きたいとずっと考えていました。お口に合えば幸いです。

末筆になりましたが、すてきなイラストをつけてくださった高永ひなこ先生。また編集部、制作進行を始め、本書に携わってくださった皆様。最後までいろいろとありがとうございました。またどこかでお会いできますように。

二〇〇四年　弥生　ひちわゆか

◆初出一覧◆

昼となく夜となく　　　／書き下ろし

11月の花嫁　　　　　　／小説BEaST '97年Autumn号掲載

小説
月刊
ビーボーイ
b-Boy
ボーイズラブが
100倍楽しい
スペシャル企画！
甘くときめくラブを
超豪華執筆陣
でお届け♥
イラスト
★円陣闇丸
ラブがいっぱい!! 読み切り充実マガジン♥
イラスト★蓮川愛
ノベルズなどの
最新ニュースも
GET♥
毎月14日発売
定価680円（税込）
A5サイズ
BIBLOS
永久保存の
美麗ピンナップ&
ポストカード!!
イラスト★こうじま奈月

ビブロス小説新人大賞

「このお話、みんなに読んでもらいたい！」

そんなあなたの夢、叶えてみませんか？


小説b-Boy、小説BEaSTにふさわしい小説を大募集します！

　優秀な作品は、小説b-Boyや小説BEaSTで掲載、またはノベルズ化の可能性あり♡　また、努力賞以上の入賞者には、担当編集がついて個別指導します。あなたの情熱と新しい感性でしか書けない、楽しい小説をお待ちしてます!!

募集要項

作品内容

小説b-Boy、小説BEaSTにふさわしい、商業誌未発表のオリジナル作品。

資格

年齢性別プロアマ問いません。

応募のきまり

- 応募には小説b-Boy・小説BEaST掲載の応募カード（コピー可）が必要です。必要事項を記入の上、原稿の最終ページに貼って応募してください。
- 〆切は、年2回です。年によって〆切日が違います。必ず小説b-Boy・小説BEaSTの「ビブロス小説新人大賞のお知らせ」でご確認ください。
- その他注意事項はすべて、小説b-Boy・小説BEaSTの「ビブロス小説新人大賞のお知らせ」をご覧ください。

注意

- 入賞作品の出版権は、株式会社ビブロスに帰属いたします。
- 二重投稿は、堅くお断りいたします。

ビーボーイノベルズをお買い上げいただきありがとうございます。
この本を読んでのご意見・ご感想をお待ちしております。

〒162-0825 東京都新宿区神楽坂6-46
ローベル神楽坂ビル7階
(株)ビブロス内
BBN編集部

昼となく夜となく

2004年4月20日 第1刷発行

著　者――ひちわゆか

発行者――牧　歳子

発行所――株式会社 ビブロス

〒162-0825
東京都新宿区神楽坂6-6 7FNビル3F
営業 電話03(3235)0333 FAX03(3235)0510
編集 電話03(3235)7806
振替 00150-0-360377

印刷・製本――大日本印刷株式会社

乱丁・落丁本はおとりかえいたします。
定価はカバーに明記してあります。
この書籍の用紙は全て日本製紙株式会社の製品を使用しております。

Printed in Japan
ISBN 4-8352-1546-X